ARENA KINDERBUCH-KLASSIKER

Die Herausgeberin der ARENA KINDERBUCH-KLASSIKER, Dr. Freya Stephan-Kühn, geboren 1943, studierte Geschichte und Latein an der Universität Köln und promovierte anschließend mit einer Dissertation über ein Thema aus der mittelalterlichen Geschichte. Heute lebt sie in Mönchengladbach. Sie ist Leiterin eines Krefelder Gymnasiums und Vorsitzende des nordrhein-westfälischen Landesverbandes der Geschichtslehrer. Dr. Freya Stephan-Kühn hat zahlreiche wissenschaftliche Aufsätze verfaßt und sich mit Arena-Büchern wie *Was in den Höhlen begann* ... oder den Titeln aus der *Viel Spaß!*-Reihe auch als Sachbuchautorin einen Namen gemacht. An der Universität Düsseldorf hat sie einen Lehrauftrag für Geschichte und Jugendbuch. Sie verfügt über eine umfangreiche Sammlung internationaler Kinderbuch-Klassiker.

E. T. A. Hoffmann

Nußknacker und Mausekönig

Bearbeitet von
Peter Klusen

Mit Bildern von
Hans G. Schellenberger

Arena

Die Deutsche Bibliothek – CIP-Einheitsaufnahme
Hoffmann, Ernst T. A.
Nußknacker und Mausekönig / E. T. A. Hoffmann.
Mit Bildern von Hans G. Schellenberger.
– 1. Aufl. 1995 – Würzburg: Arena, 1995.
(Arena Kinderbuch-Klassiker)
ISBN 3-401-04431-1

1. Auflage 1995

Das Märchen erschien erstmals 1816 im ersten Band der Kindermärchen,
herausgegeben von Karl Wilhelm Contessa, Friedrich Baron de la Motte Fouqué
und E. T. A. Hoffmann im Verlag Georg Reimer, Berlin.
Bearbeitung: Peter Klusen
Einbandillustration: Bernhard Oberdieck
Innenillustrationen: Hans G. Schellenberger
Reihengestaltung: Karl Müller-Bussdorf
Herausgegeben von Dr. Freya Stephan-Kühn
Gesamtherstellung: Westermann Druck Zwickau GmbH
ISBN 3-401-04431-1

Inhalt

*Das Märchen erschien erstmals 1816
im ersten Band der Kindermärchen,
herausgegeben von Karl Wilhelm Contessa,
Friedrich Baron de la Motte Fouqué
und E. T. A. Hoffmann im
Verlag Georg Reimer, Berlin.*

1. Kapitel

Der Weihnachtsabend

Am vierundzwanzigsten Dezember durften die Kinder des Medizinalrats Stahlbaum den ganzen Tag nicht in die gute Stube, denn darin stand der große Weihnachtsbaum, und hier würde am Abend die Bescherung stattfinden. Fritz und Marie saßen zusammengekauert in einem dunklen Winkel des Hauses. Die Abenddämmerung war schon hereingebrochen, und da die Eltern den Brauch pflegten, am Heiligen Abend vor der Bescherung kein Licht anzuzünden, war ihnen recht unheimlich zumute.

»Ich habe schon ganz in der Frühe hinter der Tür seltsame Geräusche vernommen«, flüsterte Fritz seiner kleinen Schwester ins Ohr, »und Onkel Droßelmeier ist auch schon dagewesen! Mit einem riesigen Karton unter dem Arm!«

Die kleine Marie, die gerade erst sieben Jahre alt

geworden war, klatschte vor Freude aufgeregt in die Hände und rief: »Bestimmt hat er für uns wieder etwas Wunderbares gebastelt! Was es wohl sein mag?«

Der Obergerichtsrat Droßelmeier war der Patenonkel von Fritz und Marie. Er war klein und dürr, hatte viele Runzeln im Gesicht und nur noch ein Auge. Über dem rechten Auge trug er eine schwarze Klappe, die ihm das verwegene Aussehen eines Piraten verlieh. Da der Onkel kein einziges Haar mehr auf dem Kopf hatte, trug er eine weiße Perücke, die so eigenartig glänzte und so unnatürlich aussah, weil sie ganz aus Glas gearbeitet war.

War der Pate Droßelmeier also durchaus nicht gerade eine Schönheit, so war er den Stahlbaums doch stets ein gerngesehener Gast, besonders wenn es etwas zu reparieren gab; denn mit seinen geschickten Händen hatte er alles im Nu wieder in Gang gebracht.

Onkel Droßelmeiers größte Leidenschaft waren Uhren. In seiner Freizeit nahm er Uhrwerke auseinander, setzte sie wieder zusammen und baute die kuriosesten Zeitmesser, die man sich vorstellen kann. Ihre Uhrwerke tickten, sangen und schlugen in den höchsten Tönen, daß es eine Freude war, ihrem Klang zu lauschen.

Nebenbei baute der Onkel allerlei mechanisches Spielzeug, das er den Kindern mitbrachte, wenn er sie besuchte. Einmal war es ein Männlein gewesen, das die Augen verdrehen und sich verbeugen konnte, dann eine bunte Dose, aus der ein Vögelchen heraushüpfte, und lauter solche hübschen Dinge mehr.
Zu Weihnachten jedoch gab der Onkel sich mit dergleichen Spielereien nicht zufrieden, nein, da mußte es immer etwas ganz Besonderes sein, und bisher war ihm noch in jedem Jahr ein neues großes Kunstwerk gelungen, das er mit viel Geduld und Mühe für Fritz und Marie gebastelt hatte und das die Eltern daher auch immer gleich nach der Bescherung in Sicherheit brachten.
»Wir stellen es in den Schrank«, sagte dann die Mutter, »da kann ihm nichts geschehen!«
Die Kinder waren über diese Vorsorge natürlich wenig erfreut, hatten letztendlich aber Verständnis dafür.
»Was Onkel Droßelmeier wohl dieses Mal für uns gemacht hat?« fragte Marie aufgeregt.
»Bestimmt eine Festung voller Zinnsoldaten und kleiner Kanonen!« rief Fritz.
»Nein, nein«, flüsterte Marie, »der Onkel hat mir neulich etwas von einem schönen Garten mit einem

richtigen Teich erzählt. Auf dem Teich schwimmen Schwäne herum, die goldene Halsbänder tragen und Lieder singen. Wenn ich sie rufe, kommen sie angeschwommen, und ich füttere sie mit Marzipan.«

»Schwäne fressen kein Marzipan«, unterbrach Fritz sie brüsk, »und einen vollständigen Garten kann selbst Onkel Droßelmeier nicht machen! Im übrigen bin ich viel gespannter auf die Geschenke der Eltern – die nehmen sie uns wenigstens nicht gleich wieder weg!«

Nun rieten die beiden hin und her, was es wohl in diesem Jahr von den Eltern geben würde.

»Bestimmt bekommt meine größte Puppe, Mamsell Trutchen, ein neues Kleid«, schwärmte Marie, während Fritz sich ein hölzernes Pferdchen zur Vervollständigung seiner kleinen Kavallerie und weitere Spielzeugsoldaten wünschte.

Es war schon ganz dunkel geworden, als die Kinder endlich den silberhellen Klang der Glocke aus dem Weihnachtszimmer vernahmen. Die große Flügeltür tat sich auf, und aus dem großen Zimmer drang ein solcher Glanz nach draußen, daß die Kinder mit strahlenden Augen wie erstarrt auf der Schwelle stehenblieben.

»Aah! Ach, sieh nur, wie schön!« staunten sie. Und

dann waren auch schon Papa und Mama bei ihnen, nahmen die Kinder bei der Hand und sprachen: »Kommt nur herein, ihr Lieben, und seht, was euch der Heilige Christ beschert hat.«

2. Kapitel

Die Gaben

*I*ch wende mich jetzt einmal direkt an Dich, lieber Leser oder Zuhörer, lieber Fritz, Theodor, Ernst, liebe Marie, Luise, oder wie immer Du heißen magst, und bitte Dich, Dir noch einmal Deinen letzten, mit schönen bunten Geschenken reichlich gefüllten Gabentisch vorzustellen, dann siehst Du nun bestimmt die kleine Marie und den Fritz mit ihren glänzenden Augen vor Dir und kannst Dir ausmalen, wie sehr sie sich gefreut haben.

Allerdings mußten die Kinder wohl auch das ganze Jahr über ganz besonders lieb und artig gewesen sein, denn noch nie war die Bescherung so herrlich und großartig gewesen wie dieses Mal.

Der hohe Tannenbaum stand in der Mitte des Zimmers und hing voller silberner und goldener Äpfel. Bunte Bonbons, Süßigkeiten aller Art und Zuckermandeln keimten wie Knospen aus den Ästen, und an die hundert kleine Lichter funkelten wie Sterne in den duftenden Zweigen.

Unter dem Baum lagen im Glanze des Kerzenscheins die Geschenke – und was waren das für herrliche Sachen!

Für Marie gab es eine zierliche Puppe und außerdem ein Seidenkleid, das, mit bunten Bändern prächtig geschmückt, über einem kleinen Ständer hing, so daß sie es von allen Seiten betrachten konnte, was sie denn auch ausgiebig tat.

»Was für ein wunderschönes Kleid!« rief sie. »Ist es wirklich für mich? Das werde ich ganz bestimmt immer gerne anziehen!«

Fritz war unterdessen schon ganz in das Spiel mit seinem neuen Holzpferdchen vertieft, hatte es zwischen die Schenkel geklemmt und rannte damit um den Tisch herum. »Das ist aber eine wilde Bestie!« schnaufte er. »Aber ich werde schon mit ihr fertig werden!«

Dann hielt er an und widmete sich den anderen Geschenken. Er hatte nämlich tatsächlich eine ganze Schwadron hölzerner Spielzeugsoldaten bekommen, die ganz prächtig in Rot und Gold gekleidet waren, silberne Waffen trugen und auf strahlendweißen Pferden ritten.

Die Kinder hatten sich gerade etwas beruhigt und wollten sich nun auf die herrlichen Bilderbücher stürzen, die aufgeschlagen auf dem Boden lagen, als es an der Tür klingelte.
»Da kommt Onkel Droßelmeier!« rief die Mutter und eilte zur Tür.
Als sie in Begleitung des kleinen Mannes zurückkehrte, trat dieser an einen Tisch, der ganz im Hintergrund des Zimmers stand und mit einem weißen Tuch zugedeckt war. Der Onkel entfernte mit einer raschen Bewegung das Tuch, und was erblickten da die Kinder?
Auf einer grünen Blümchenwiese stand ein großartiges Schloß mit zahlreichen Spiegelfenstern und goldenen Türmen. Ein Glockenspiel erklang, Türen und Fenster öffneten sich, und man sah, wie kleine, zierliche Damen und Herren mit langen Schleppkleidern und Federhüten in den Sälen herumspazierten.
Ein Herr in einem smaragdgrünen Mantel beugte sich unaufhörlich aus einem Fenster und winkte dabei. Ein daumengroßes Männlein, das dem Paten Droßelmeier sehr ähnlich sah, trat unentwegt vor das Schloßportal, um gleich darauf wieder dahinter zu verschwinden.
Fritz hatte seine Ellbogen auf den Tisch gestützt und

betrachtete eine Weile das schöne Schloß und die Bewegungen der Figürchen, dann sagte er: »Onkel Droßelmeier, laß mich doch mal in das Schloß gehen!« Der Onkel versuchte ihm klarzumachen, daß dies unmöglich sei, da Fritz ja schließlich entschieden größer sei als das ganze Schloß, was der Junge auch einsah.

»Dann laß aber wenigstens die Figuren mal etwas anderes machen! Sie tun ja immer nur dasselbe – das ist doch langweilig!«

»Nun«, stammelte der Onkel verlegen, »das geht leider auch nicht, liebes Fritzchen ...«

»So laß doch mal den im grünen Mantel mit der Dame im Schleppkleid einen kleinen Spaziergang durch die Halle machen!«

»Das, äh, das geht nicht, mein Junge«, erwiderte der Onkel und kratzte an seiner Glasperücke, »die Mechanik bestimmt alle Bewegungen, ich kann sie nicht so ohne weiteres ändern.«

»Das geht alles nicht?« fragte Fritz enttäuscht. »Also, hör mal, Onkel Droßelmeier, wenn deine komischen Figürchen nichts anderes können, als immer nur dieselben spärlichen Bewegungen auszuführen, dann spiele ich doch lieber wieder mit meinen Husaren! Die kann ich beliebig manövrieren lassen. Sie können angreifen oder verteidigen, vorwärts oder rückwärts gehen, ganz wie ich es will, und sie sind auch in kein Haus eingesperrt!«

Mit diesen Worten hüpfte er zurück an den Gabentisch und baute seine kleinen Soldaten auf.

Auch Marie hatte sich längst fortgeschlichen. Die monotonen Bewegungen der Püppchen im Schloß hatten sie schnell gelangweilt, aber sie war zu höflich gewesen, um es dem Onkel zu sagen.

Der Obergerichtsrat Droßelmeier war sichtlich eingeschnappt. Mit beleidigter Miene wandte er sich an die hilflosen Eltern: »Mein grandioses Kunstwerk ist

für solche Banausen offensichtlich nicht geeignet. Ich werde es einpacken und wieder mitnehmen!«
Doch die Mutter sprang schnell hinzu, äußerte sich voller Bewunderung über das Werk und ließ sich den Mechanismus und den gesamten Aufbau detailliert erklären, was den Onkel auf der Stelle wieder versöhnte. Mit Feuereifer nahm er die verschiedenen Räderwerke und Püppchen auseinander und setzte vor den Augen der Mutter alles sofort wieder zusammen.
Marie saß derweil vor ihrem neuen Seidenkleid und bewunderte es wohl zum hundertsten Mal.
»Möchtest du es nicht einmal anziehen?« rief die Mutter und hoffte auf eine zustimmende Antwort, um einen Grund zu haben, sich endlich von Onkel Droßelmeier und seinem Schloß entfernen zu können.
»Nein«, antwortete Marie zu ihrer Enttäuschung, »ich möchte es einfach noch ein bißchen ansehen.«

3. Kapitel

Der Schützling

Marie hätte sich vom Anblick ihres neuen Kleidchens den ganzen Abend wohl nicht mehr losreißen können, wenn ihr Blick jetzt nicht zufällig auf eine kleine Holzfigur gefallen wäre, die sich bis dahin hinter Fritzens Spielzeugsoldaten versteckt hatte und die nun, da Fritz diese entfernt und zu einer Schlachtordnung formiert hatte, sichtbar geworden war.
Es handelte sich um ein kleines Männlein, das still und bescheiden an seinem Platz stand und recht seltsam gewachsen war. Es hatte einen langen, kräftigen Oberkörper, der zu den kurzen, dünnen Beinchen nicht so recht passen wollte, ebensowenig wie der Kopf, der wiederum viel zu groß geraten war.
Der kleine Mann war allerdings sehr ordentlich gekleidet, was den unproportionalen Körperbau ein wenig verdeckte und auf einen Menschen von Ge-

schmack und Bildung schließen ließ. Er trug ein sehr schönes violettglänzendes Husarenjäckchen mit vielen weißen Schnüren und Knöpfchen, eine ebensolche Hose und darüber ein Paar sehr elegante Stiefel, die perfekt saßen.

Etwas befremdend nahm es sich allerdings aus, daß er zu dieser Kleidung einen wenig passenden hölzernen Mantel und ein Bergmannsmützchen trug, aber Marie dachte daran, daß ja auch Onkel Droßelmeier häufig einen schäbigen Mantel umhatte und diese geschmacklose Perücke trug und dennoch ein ganz lieber Mensch war. Im übrigen fand sie, daß der kleine Mann entschieden besser aussah als der Onkel.

Marie starrte das kleine Männlein, das sie auf den ersten Blick mochte, fasziniert an und sah, welche Gutmütigkeit auf seinem Gesicht lag. Aus den hellgrünen, etwas zu großen, hervorstehenden Augen sprach nichts als Freundschaft und Wohlwollen. Es stand dem kleinen Mann gut, daß sich um sein Kinn ein sorgfältig geschnittener Bart aus weißer Baumwolle legte, denn um so mehr konnte man das sympathische Lächeln des tiefroten Mundes bemerken.

»Ach!« rief Marie schließlich aus. »Ach, lieber Papa, für wen ist denn der allerliebste kleine Mann dort am Baum?«

»*Der*«, antwortete der Vater, »der soll für uns alle tüchtig arbeiten! Er soll uns die harten Nüsse aufbeißen, denn er ist von Beruf Nußknacker.«
Mit diesen Worten nahm ihn der Vater vorsichtig in die Hand, und indem er den hölzernen Mantel hob, sperrte das Männlein den Mund ganz weit auf und zeigte zwei Reihen sehr weißer, spitzer Zähnchen. Marie schob auf Geheiß des Vaters eine Nuß hinein,

und – Knack! – sofort hatte sie der Mann zerbissen. Die Schalen fielen zu Boden, und Marie hielt den süßen Kern in der Hand.

Marie war begeistert und jubelte vor Vergnügen.

»Da dir, Mariechen, Freund Nußknacker so sehr gefällt, so sollst du auch ganz besonders auf ihn aufpassen, ihn behüten und beschützen. Allerdings dürfen, wie gesagt, auch alle anderen seine außerordentlichen Fähigkeiten in Anspruch nehmen!«

Marie nahm ihn sofort in den Arm und ließ ihn fleißig Nüsse aufknacken, doch suchte sie immer die kleinsten heraus, damit das Männlein seinen Mund nicht so weit aufsperren mußte, was ihm nämlich gar nicht gut stand.

Fritz war inzwischen vom Spielen müde geworden, und als er sah, wie leicht Marie mit dem Männlein eine Nuß nach der anderen knackte, gesellte er sich zu ihr und machte sich über das drollige Männlein lustig.

»Der sieht ja noch komischer aus als Onkel Droßelmeier!« kicherte er. »Gib her, er soll mir auch ein paar Nüsse knacken!«

Und schon hielt Fritz das Männlein in seinen Händen. Er schob nun immer die dicksten und härtesten Nüsse hinein, und so blieb es nicht aus, daß es auf einmal gefährlich laut »Krack! Krack!« machte und drei Zähnchen aus Nußknackers Mund fielen.

»Oh, weh!« schrie Marie. »Mein armer, lieber Nußknacker!« Sie riß ihrem Bruder das Männlein aus den Händen und stellte fest, daß auch sein ganzer Unterkiefer lose und wacklig war.
»So ein nichtsnutziger Bursche«, sagte Fritz verächtlich, »schimpft sich Nußknacker und hat nicht einmal ein anständiges Gebiß! Gib ihn her, Marie, er soll mir noch ein paar Nüsse knacken! Wenn er seine restlichen Zähne dann auch noch verliert und am Ende das Kinn dazu, dann soll er uns ruhig gestohlen bleiben, der Taugenichts!«
»Nein, nein!« rief Marie weinend. »Du bekommst meinen lieben Nußknacker nicht mehr in die Hand! Schau nur, was du angerichtet hast! Der Ärmste, er ist schwer verletzt! Was bist du nur für ein hartherziger Mensch – du schlägst deine Pferde und läßt bestimmt auch deine Soldaten totschießen!«
»Das muß so sein, davon verstehst du nichts«, rief Fritz. »Aber der Nußknacker gehört mir genauso wie dir, gib her!«
Marie begann heftig zu weinen und wickelte den kranken Nußknacker schnell in ihr kleines Taschentuch.
Die Eltern und Onkel Droßelmeier kamen hinzu, und der Onkel stellte sich zu Maries Leidwesen auf

die Seite von Fritz. Aber der Vater sagte: »Ich habe den Nußknacker ausdrücklich unter Maries Schutz gestellt – und den braucht er jetzt ja wohl! Also, Marie, du kümmerst dich nun ganz allein um den armen Kerl!« Und an Fritz gewandt, fügte er hinzu: »Es wundert mich im übrigen sehr, mein Sohn, daß du von einem im Dienst erkrankten Mann noch weitere Dienste verlangst. Ein guter Befehlshaber nimmt auf seine verletzten Leute Rücksicht und schont sie!«
Fritz war sehr beschämt und schlich, ohne sich weiter um Nüsse und Nußknacker zu kümmern, leise fort, um seine Soldaten ins Nachtquartier zu schicken.
Marie suchte Nußknackers verlorene Zähnchen, und um das kranke Kinn wickelte sie ein hübsches weißes Band, das sie von ihrem Kleid abgelöst hatte. Der arme Kleine sah sehr blaß und erschrocken aus, und sie wickelte ihn noch sorgfältiger als zuvor in ihr Tuch.
So hielt sie ihn nun wie ein kleines Kind wiegend in den Armen und betrachtete die schönen Bilder in einem der neuen Bücher, das unter dem Weihnachtsbaum gelegen hatte. Und als Onkel Droßelmeier sich lauthals darüber lustig machte, daß sie einen solch häßlichen Nußknacker so inniglich herzte und liebkoste, wurde sie ernsthaft böse und wies ihn mit

spitzer Zunge zurecht: »Ich glaube, lieber Onkel, selbst wenn du so feine Sachen und so schicke Stiefel anhättest wie mein Nußknacker, so würdest du wahrscheinlich dennoch nicht so gut aussehen wie er!« Warum die Eltern daraufhin in schallendes Gelächter ausbrachen, der Onkel aber einen knallroten Kopf bekam und ihre Worte gar nicht lustig zu finden schien, konnte sie sich dann allerdings gar nicht erklären.

4. Kapitel

Wunderdinge

*I*n Stahlbaums Wohnzimmer stand links neben der Tür eine hohe Vitrine, in welcher die alljährlichen Weihnachtsgeschenke der Kinder aufbewahrt wurden. Der Vater hatte diesen Schrank vor vielen Jahren von einem geschickten Tischler anfertigen lassen, und der hatte es verstanden, die großflächigen Glasscheiben so einzusetzen, daß man all die schönen Sachen, die darin gesammelt waren, von allen Seiten bestaunen konnte.
Im obersten Fach standen, für Fritz und Marie unerreichbar, Onkel Droßelmeiers Kunstwerke. Gleich darunter war das Fach für die Bilderbücher, und in den beiden unteren Fächern durften Fritz und Marie aufbewahren, was sie wollten. Die beiden hatten sich darauf geeinigt, daß Marie das unterste Fach für ihre Puppen nehmen durfte und Fritz im Fach darüber seine Soldaten stationierte.

So räumte also auch an jenem Abend Fritz seine neuen Husaren in sein Fach ein, und im Fach darunter machte Marie Platz für ihre neue Puppe.
Nun müßt Ihr wissen, liebe Kinder, daß Marie ihr Fach in der großen Vitrine geradezu wie ein richtiges Wohnzimmerchen eingerichtet hatte. Es gab ein kleines geblümtes Sofa, mehrere allerliebste Stühlchen, einen niedlichen Teetisch und ein sauberes Bettchen, in dem alle Puppen schlafen konnten.
Ihr könnt Euch vorstellen, daß sich die neue Puppe, die den Namen Mamsell Clärchen bekommen hatte, in dieser Umgebung sogleich sehr wohl fühlte. Marie

legte sie neben Mamsell Trutchen und kroch selbst ein Stückchen mit in das Fach hinein, um zusammen mit den beiden Mamsells noch ein paar Bonbons zu lutschen und in einem Bilderbuch zu schmökern, während Fritz seine Truppen noch einmal aufmarschieren ließ.

Der Abend war schon weit fortgeschritten, es war kurz vor Mitternacht, und der Onkel war längst gegangen, als die Mutter die beiden zum wiederholten Male aufforderte, nun endlich ins Bett zu gehen.

»Du hast ja recht«, gähnte da endlich Fritz, »meine Soldaten sind bestimmt schon sehr müde und trauen sich nicht, es mir zu sagen – ich werde sie also nun für heute vom Dienst befreien, damit sie sich ausruhen können!« Mit diesen Worten sammelte er die Figuren ein und verstaute sie im Schrank. Marie aber schien noch gar nicht müde zu sein.

»Oh, Mami, laß mich noch ein wenig hier liegen«, bat sie, »noch ein ganz kleines Weilchen! Ich muß ja auch noch aufräumen! Wenn ich damit fertig bin, gehe ich sofort ins Bett.«

Marie war für ihr Alter schon sehr vernünftig und zuverlässig, so daß die Mutter sie unbesorgt mit ihren Spielsachen allein lassen konnte. Vorsichtshalber löschte sie aber schon einmal alle Lichter, die rings um den Glasschrank gebrannt hatten, und nun verbreitete nur die Lampe, die in der Mitte des Zimmers von der Decke herabhing, ein sanftes, anmutiges Licht.

»Aber nicht mehr allzu lange«, mahnte die Mutter, während sie die Tür hinter sich zuzog, »sonst kommst du morgen wieder nicht aus den Federn!«

Marie indes schien nur darauf gewartet zu haben, endlich allein zu sein, um das tun zu können, was sie auch vor der Mutter verheimlichen wollte. Die ganze Zeit über hatte sie den verletzten Nußknacker, eingewickelt in ihr Taschentuch, gut beschützt auf dem Arm getragen. Jetzt legte sie ihn behutsam auf den Tisch, wickelte ihn leise aus dem Tuch und sah nach seinen Verletzungen.

Nußknacker war ganz bleich, lächelte aber so dankbar und freundlich, daß es Marie einen Stich ins Herz gab.

»Ach, Nußknackerchen«, flüsterte sie, »sei meinem Bruder nicht böse, daß er dir so weh getan hat. Er hat es bestimmt nicht so gemeint, er ist durch das wilde Spiel mit seinen Soldaten nur etwas roh und hartherzig geworden, aber eigentlich ist er ganz in Ordnung, das kann ich dir versichern. Ich werde mich so lange um dich kümmern, bis du wieder ganz gesund bist!

Onkel Droßelmeier wird dir deine Zähnchen wieder einsetzen und den Unterkiefer einrenken. Der Onkel kann so etwas, du brauchst keine Angst zu haben.«

Kaum hatte Marie jedoch den Namen Droßelmeier ausgesprochen, als Freund Nußknacker ein ganz schiefes Maul zog und aus seinen Augen grüne Stacheln zu funkeln schienen.

Marie wollte gerade entsetzt aufschreien, da hatte der Nußknacker aber schon wieder sein altes, dankbar lächelndes Gesicht angenommen, und sie sagte sich, daß wohl die Zugluft die Lampe hatte auflodern lassen, so daß sich deren Strahlen in Nußknackers Augen für einen Moment gespiegelt hatten.

»Was bin ich nur für ein dummes Mädchen«, sprach sie leise, »daß ich glaube, dieses Holzpüppchen könne mir eine Fratze schneiden! Ach, ich habe ihn ja so lieb, diesen komischen, gutmütigen Kauz – und ich werde ihn pflegen, wie es sich gehört!«

Marie nahm den Nußknacker in den Arm, trug ihn zu der Vitrine, kauerte sich davor auf den Boden und sprach zu der neuen Puppe: »Ich möchte dich bitten, Mamsell Clärchen, diesem armen, kranken Nußknacker deinen Platz im Bettchen abzutreten. Du kannst gern auf dem Sofa schlafen, bis er wieder gesund ist. Schau, du bist doch kerngesund, hast dicke rote Bäckchen, und auf dem Sofa ist es bestimmt auch sehr bequem!«

Mamsell Clärchen blickte aus ihrem prunkvollen Weihnachtskleid sehr vornehm, aber auch sehr beleidigt auf Marie und sagte keinen Mucks.

»Ach, was rede ich so umständlich daher«, brummte Marie, nahm das Bett, legte alle Puppen, die darin schlummerten, sanft auf das Sofa und bettete statt ihrer Nußknackerchen liebevoll hinein. Um das verletzte Kinn wickelte sie noch ein schönes Bändchen, das ihm bis unter die Nase reichte.

»Bei der hochnäsigen Cläre darf er aber nicht bleiben«, fuhr sie fort und stellte das Bettchen mit dem Nußknacker darin in das Fach darüber, dicht neben die Unterkünfte, in denen Fritzens Soldaten schliefen.

Sie verschloß den Schrank sorgfältig und wollte gerade in ihr Zimmer gehen, als es ringsum leise zu wispern und zu flüstern und zu rascheln begann – hinter dem Ofen, hinter den Stühlen, hinter den Schränken! Die Wanduhr schnurrte dazwischen lauter und immer lauter, aber irgend etwas hinderte sie daran zu schlagen.

Marie blickte ängstlich zur Uhr, und da sah sie, daß statt der vergoldeten Eule der Pate Droßelmeier darauf saß. Seine gelben Rockschöße hingen von beiden Seiten wie Flügel von der Uhr herab, aus der heraus es nun unheimlich und ganz deutlich schnurrte:

Uhren, Uhren, Uhren,
müßt nur leise schnurren!
Mausekönig hat ein feines Ohr,
purrpurr,
pumpum,
singet nur,
singet ihm ein Liedchen vor,
purrpurr,
pumpum,
schlag an, Glöcklein, schlag an!
Bald ist es um ihn getan!

Und *pumpum* schlug es ganz dumpf und heiser zwölf Mal.

Marie bekam fürchterliche Angst, und am liebsten wäre sie davongelaufen, sosehr erschreckte sie der Anblick des Paten Droßelmeier. Doch dann faßte sie sich ein Herz und rief mutig: »Onkel Droßelmeier, Onkel Droßelmeier, was machst du da oben? Komm sofort hinunter, und mach mir nicht solche Angst, du böser Onkel!«

Aber nun setzte ein lautes Kichern und Pfeifen ein, das aus allen Ecken tönte, und es raschelte und scharrte hinter den Wänden, als liefen dort tausend kleine Füße herum – und dann blickten aus den Dielenritzen tausend funkelnde Augen auf Marie! Sie funkelten wie kleine Lichter, aber Marie erkannte sofort, daß es Mäuseaugen waren, und bald wimmelte es im ganzen Zimmer nur so von Mäusen.
Immer mehr Mäuse krochen aus Löchern und Ritzen

und sausten in der Stube umher, formierten sich zu immer größeren Haufen, galoppierten hin und her – und dann stellten sie sich wie auf Kommando plötzlich in Reih und Glied auf, ganz so, wie Fritz seine Spielzeugsoldaten aufzustellen pflegte, wenn es galt, in eine Schlacht zu ziehen.

Das fand Marie nun wiederum ganz niedlich, und da sie, ganz anders als die meisten Kinder, vor Mäusen eigentlich überhaupt keine Angst hatte, war ihre Angst schon so gut wie verflogen, als es auf einmal so entsetzlich und durchdringend zu pfeifen begann, daß es ihr eiskalt den Rücken hinunterlief!

Was war denn *das*?

Marie starrte in die Dunkelheit, und was sie nun erblickte, wahrhaftig, lieber Leser, das hätte auch Dir kalte Schauer des Grauens über den Rücken getrieben, magst Du auch noch so tapfer und mutig sein! Ich wette, Du wärst mit einem Satz ins Bett gesprungen und hättest Dir die Decke über die Ohren gezogen!

Die arme Marie hatte diese Möglichkeit leider nicht, als sich nun dicht vor ihren Füßen der Boden hob und eine unterirdische Gewalt Sand, Kalk und Mauergestein hervorwühlte, aus dem gräßlich zischend und pfeifend eine fette Maus kroch, an deren Hals sieben

Mäuseköpfe angewachsen waren, auf denen sieben hellfunkelnde Kronen saßen.

Die siebenköpfige Maus quiekte dem wartenden Mäuseheer dreimal aus vollem Halse zu, und die Mäuseschar setzte sich sofort in Bewegung und wieselte geradewegs auf den Glasschrank, geradewegs auf Marie zu.

Vor Angst und Grauen hatte ihr das Herz bis zum Halse geschlagen, und sie war überzeugt gewesen, vor Angst jeden Augenblick tot umzufallen, doch nun hatte sie das Gefühl, als gefriere ihr das Blut in den Adern.

Halb ohnmächtig wankte sie zurück und stieß im Fallen mit dem Ellbogen die große Frontscheibe der Vitrine ein. Klirrend fielen die Glasscherben zu Boden. Marie fühlte einen stechenden Schmerz im linken

Arm, doch gleichzeitig wurde ihr leichter ums Herz, und das Quieken und Pfeifen hörte auf. Es war ganz still um sie herum geworden. Zwar traute sie sich nicht, genau hinzusehen, aber sie hatte den Eindruck, daß die Mäuse, vom Klirren der Scheibe erschreckt, sich wieder in ihre Löcher zurückgezogen hatten.
Aber was war denn das jetzt wieder?
Dicht hinter Marie fing es im Schrank an zu rumoren, und ganz dünne Stimmchen waren zu hören:

Aufgewacht, aufgewacht,
wolln zur Schlacht,
wolln zur Schlacht noch diese Nacht!
Noch diese Nacht,
aufgewacht!
Auf zur Schlacht!

Der Klang einer Glocke untermalte die flüsternden Stimmen, und Marie rief erleichtert: »Ach, das ist ja mein kleines Glockenspiel!«
Schnell sprang sie zur Seite. Da sah sie, wie es im Schrank ganz sonderbar leuchtete und alles drüber und drunter ging! Die Puppen rannten umher, lagen kreuz und quer auf dem Boden und ruderten mit den kleinen Ärmchen durch die Luft.

Da erhob sich auf einmal der Nußknacker. Er warf die Decke weit von sich und sprang mit beiden Füßen gleichzeitig aus dem Bett, laut rufend:

Knack, knack, knack,
dummes Mausepack!
Dummer, toller Schnack!
Mausepack!
Knack, knack, Mausepack!
Krick und krack,
wahrer Schnack!

Und mit diesen Worten zog er sein kleines Schwert, fuchtelte damit in der Luft herum und rief: »Meine lieben Vasallen, Freunde und Brüder, wollt ihr mir beistehen im harten Kampf?«
Sogleich schrien laut und angeberisch drei Püppchen, der Clown Pantalon, vier Schornsteinfeger, zwei Zitherspieler und der Trommler wie aus einem Munde: »Jawohl, Herr! Wir stehen Euch bei in standhafter Treue! Sieg oder Tod – wir ziehen mit Euch in den Kampf!«
Gleichzeitig stürzten sie sich dem begeisterten Nußknacker hinterher vom oberen Fach herab in die Tiefe.

Nun waren die Puppen alle dick angezogen und gut gepolstert. Ihre Leiber waren zudem mit Baum- und Holzwolle reichlich ausgestopft, so daß sie wie die Wollsäckchen herunterplumpsten und weich landeten.

Der arme Nußknacker jedoch hätte sich mit Sicherheit beide Arme und Beine gebrochen, sein spröder Holzkörper hätte den tiefen Fall jedenfalls nie und nimmer heil überstanden, wäre nicht im selben Moment, als er sprang, auch Mamsell Clärchen schnell von ihrem Sofa aufgesprungen, um den Helden in ihren weichen Armen sanft aufzufangen.

»Du liebes, gutes Clärchen!« schluchzte Marie. »Wie habe ich dir unrecht getan! Bestimmt hast du meinem Nußknacker auch gern dein Bettchen überlassen.«

Mamsell Clärchen drückte den jungen Helden zärtlich an ihre seidene Brust und flüsterte mahnend: »Aber, aber, Nußknackerchen! So krank und verletzt, wie Ihr seid, wollt Ihr Euch doch wohl nicht in die gefährliche Schlacht stürzen! Seht nur, wie alle Puppen sich schon zum Kampf versammelt haben! Lehnt Euch in meinen Armen nur wohlig zurück, und wohnt Eurem Sieg aus der sicheren Entfernung bei!«

Aber der Nußknacker zappelte und strampelte so

sehr mit den Beinen, daß Clärchen ihn nicht länger halten konnte und ihn schnell auf den Boden setzen mußte.
Da verbeugte er sich höflich vor ihr und sagte: »Werte Dame! Ich danke Euch für die mir erwiesene Huld und Gnade, die ich Euch nie vergessen werde!«
Da bückte sich Clärchen tief zu ihm herab, nahm ihn bei den Ärmchen, hob ihn sanft hoch und machte alle Anstalten, ihn zu küssen. Doch Freund Nußknacker

wich zur Seite aus, legte die Hand an die Brust und sprach feierlich: »Ihr sollt, o Holde, Eure Gunst nicht an mir verschwenden, denn . . .« Er geriet ins Stokken, seufzte tief, riß sich mit einer energischen Handbewegung das Band, mit dem Marie ihn verbunden hatte, von den Schultern, drückte es an die Lippen, schlang es sich wie eine Schärpe schräg um den Leib und turnte wortlos, das blankgezogene Schwertlein mutig schwenkend, an ihr hinunter auf den Fußboden.

Kaum hatte der Nußknacker aber den ersten Fuß auf den Boden gesetzt, da ging das Quieken und Pfeifen wieder los! Unter dem großen Tisch hatte sich das mächtige Mäuseheer zusammengerottet, und aus seiner Mitte ragte die abscheuliche Maus mit den sieben Köpfen hervor! Wie soll *das* nur weitergehen?

5. Kapitel

Die Schlacht

»He, Trommler, mein treuer Diener!« schrie Nußknacker laut. »Rühre die Trommel zum Angriff! Attacke!« Der Trommler wirbelte sogleich die Stöcke durch die Luft und ließ sie auf sein Instrument nie-

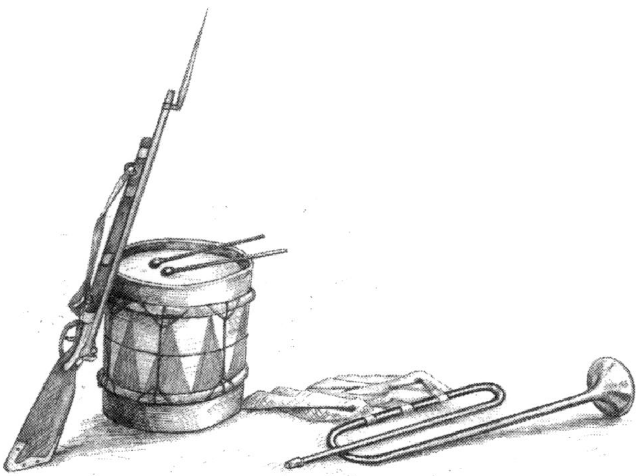

derprasseln, daß die Scheiben der Vitrine in ihren Rahmen nur so schepperten und dröhnten.
Der Lärm hatte offensichtlich Fritzens Soldaten aufgeweckt. Zunächst vernahm Marie, wie es in dem Schrankfach raschelte und klapperte, und dann sah sie, wie die Deckel sämtlicher Schachteln, in die Fritz seine Armee einquartiert hatte, aufsprangen und die Soldaten hastig hinauskletterten.
Einer nach dem anderen sprang in das unterste Fach hinab, und als sie alle heil unten angekommen waren, rannten sie aufgeregt wie die Hühner kreuz und quer durcheinander, und keiner wußte, was er machen sollte.
»Zum Teufel!« schrie Nußknacker zornig. »Ist denn hier niemand, der Ordnung in diesen Haufen bringt!?«
Als niemand sich meldete, wandte er sich kurzerhand an Pantalon, der recht blaß in seiner Nähe stand und große Augen machte. Feierlich sprach er: »General Pantalon, ich kenne Ihren Mut und Ihre Erfahrung! In unserer Lage kommt es auf Geistesgegenwart und Entschlossenheit an! Wir müssen das Überraschungsmoment nutzen und dem Feind keine Chance lassen – ich vertraue Ihnen hiermit das Kommando über die gesamte Kavallerie und alle Feldsoldaten an! Ein Pferd brauchen Sie nicht, Sie haben ja schließlich

lange Beine, mit denen Sie wohl ganz ordentlich galoppieren können. Nun, los, walten Sie Ihres Amtes, und tun Sie Ihre verdammte Pflicht!«

Sofort formte Pantalon die langen, dürren Finger vor seinem Mund zu einem Trichter und krähte so durchdringend, daß es klang, als würden hundert verstopfte Trompeten gleichzeitig geblasen. Auf der Stelle kam Leben in den Schrank. Die Pferde wieherten und scharrten mit den Hufen, und kurz darauf rückten Fritzens Reiter aus: Man sah die schweren Kürassiere und die leichten Dragoner, und allen voran stoben die neuen Husaren in ihren prächtigen Uniformen.

Sie gingen auf dem Fußboden vor dem Schrank in Stellung, um gleich darauf mit fliegenden Fahnen und klingendem Spiel an Nußknacker vorbeizuziehen.

Die Reiter stellten sich sodann quer durch das Zimmer in breiter Reihe auf, während Pantalon noch alle Kanonen aus dem Schrank holen und sie vor den Reitern in Stellung bringen ließ. Kaum war dies geschehen, als auch schon die Knallerei losging.

»Bumm! Bumm!« machte es, und Marie sah, wie die Zuckererbsen in den dicken Haufen der Mäuse einschlugen und zerplatzten. Der Puderzucker färbte das Fell der Mäuse ganz weiß, so daß sich die kleinen Nager mächtig schämten.

Am meisten machten ihnen aber die Kanonen zu schaffen, die auf Mamas Fußbänkchen in Stellung gebracht worden waren und die – »Bumm! Bumm! Bumm!« – unentwegt Pfeffernüsse auf die Mäuse schossen, so daß diese reihenweise umfielen.
Trotz alledem kamen die Mäuse immer näher und überrannten sogar einige Kanonen. Die Soldaten hielten tapfer dagegen und feuerten aus allen Rohren, so daß die Schlacht hin und her wogte.
Die Zahl der Mäuse jedoch schien beständig zu wachsen.
Immerzu quollen neue Mäusemassen aus allen Ritzen und Löchern und attackierten die Reiter mit kleinen silbernen Pillen, die sie sehr geschickt zu schleudern verstanden und die schon bald mit häßlichem Gescheppper gegen die Scheiben des Schrankes krachten.
Verzweifelt rannten Clärchen und Trutchen auf und ab und rangen die Hände.
»Oh, oje«, jammerte Clärchen, »soll ich denn in der Blüte meiner Jugend schon sterben müssen? Ich, die schönste aller Puppen!«
»Hab' ich mich etwa bis ins hohe Alter so gut gehalten, um nun hier so elend zu sterben?« rief Trutchen.
Dann fielen die beiden sich um den Hals und heulten so sehr, daß man es über den Schlachtlärm hinweg im

ganzen Zimmer hören konnte. Und das will etwas heißen; denn von dem Krach, der da in Stahlbaums guter Stube tobte, kann sich keiner, der nicht selbst dabei war, eine Vorstellung machen!

Das ging »Zong!« und »Peng!« und »Piff!« und »Puff!« und »Schnetterdeng! Schnetterdeng!«, »Bumm! Burumm! Bumm! Bumm!«, und alles tobte durcheinander! Dabei quiekten und schrien die Mäuse, und ganz besonders laut schrie der Mausekönig. Dazwischen brüllte mit gewaltiger Stimme Freund Nußknacker, der sich mutig unter die Soldaten begeben hatte, immer wieder seine Befehle.

Pantalon hatte ein paar hervorragende Kavallerieangriffe gemacht und sich an der Spitze der Reiterei tapfer geschlagen, und vielleicht hätte die Schlacht doch noch für Nußknacker und seine Leute entschieden werden können, wenn Fritzens neue Husaren nicht solche Memmen gewesen wären.

Die Mäuseartillerie war nämlich dazu übergegangen, die Reiter mit ihren ekelhaft stinkenden Mäusekötteln zu bewerfen, die besonders auf den hellroten Jacken der Husaren häßliche braune Flecken hinterließen.

»Unsere schönen Uniformen!« jammerten sie und gingen Hals über Kopf in Deckung, wodurch die restliche Reiterei empfindlich geschwächt wurde.

Als die anderen nämlich den Rückzug der eitlen Husaren gewahrten, verloren sie den Mut und wichen schweren Herzens ebenfalls zurück. Im Nu hatten die Mäuse das Fußbänkchen mit den Kanonen erobert und stürmten weiter voran.

Nußknacker war zutiefst bestürzt. Er erkannte sofort die Ausweglosigkeit der Situation und wußte, daß die Schlacht so gut wie verloren war. Er überlegte fieberhaft, wie er seine Armee vor größeren Verlusten bewahren könnte, um den Schaden noch in Grenzen zu halten.

Als er sah, wie unter der Kommode ganz leise weitere Mäusekavalleriemassen hervorquollen und sich unter lautem Gequiek auf den linken Flügel der zurückweichenden Nußknackerischen Armee stürzten, entschloß er sich, auch noch die letzten in der Vitrine ausharrenden Kämpfer in die Schlacht zu werfen.

»Alles hinaus!« donnerte er. »Zeigt den Mäusewichtern, was eine Harke ist! Los, los, Lebkuchenmänner und Weingummischnecken an die Front! Alles hört auf mein Kommando!«

Und der bunte Haufen, der sich nun auf dem Parkett aufstellte, jagte dem Feind allein durch sein verwegenes Aussehen einen gehörigen Schrecken ein.

Schulter an Schulter fochten chinesische Kaiser, Gärtner, Friseure, Tiroler, Mongolen, Clowns, Liebesgötter, Löwen, Tiger, Meerkatzen, andere Affen und dergleichen Gestalten aus Stoff, Zuckerwerk, Lakritz oder Lebkuchen.

Sie kämpften mit Mut und Ausdauer und hätten dem Mausekönig bestimmt den Sieg noch entrissen, wenn nicht ein verwegener Mäusereiter, der sich tollkühn vorgewagt hatte, einem der chinesischen Kaiser den Kopf abgebissen und dieser im Fallen zwei Mongolen und eine Meerkatze erschlagen hätte. Dadurch entstand eine Lücke, durch die der Feind massenhaft eindrang, und in kürzester Zeit war das bunte Bataillon zerpflückt.

Der unglückliche Nußknacker hatte sich im letzten Moment mit einer kleinen Schar der tapfersten Gefährten in Sicherheit bringen können. Nun stand das kleine Häuflein mit dem Rücken zur Wand.

»Zu Hilfe! Pantalon! Trommler! Wo seid ihr denn?« schrie Nußknacker in seiner Not und hoffte wohl, daß sich in dem Glasschrank noch weitere frische Truppen aufhielten.

Und tatsächlich liefen noch einige Spekulatiusfigürchen und Honigkuchenpferdchen auf weichen Beinen herbei, um sich gegen die Mäuse zu stellen, doch sie fochten mit ihren Strohhalmschwertern so ungeschickt und unbeholfen, daß sie keine einzige Maus erwischten, statt dessen aber ihrem obersten Feldherrn, dem Nußknacker, um ein Haar die Mütze vom Kopf gefegt hätten.

So dauerte es dann auch nicht lange, bis die Mäuse ihnen die Beinchen abgebissen hatten, so daß sie umknickten und im Fallen noch einige ihrer Mitkämpfer unter sich begruben.

Nußknacker war nun vom Feind umzingelt und in höchster Angst und Not. Er wollte sich mit einem Hechtsprung in den Schrank retten, doch seine Beine waren für einen ordentlichen Anlauf viel zu kurz, Clärchen und Trutchen waren in Ohnmacht gefallen und lagen reglos zu seinen Füßen – sie konnten ihm nicht helfen!

Flüchtende Husaren und Dragoner galoppierten hastig an ihm vorbei und retteten sich mit mächtigen Sprüngen in den Schrank, ohne von Nußknacker auch nur Notiz zu nehmen. Da schrie er in heller Verzweiflung laut auf: »Ein Pferd! Ein Pferd! Ein Königreich für ein Pferd!«

In diesem Augenblick packten ihn zwei stattliche Kampfmäuse bei seinem hölzernen Mantel und drehten ihn in die Richtung, aus der nun der Mausekönig auf ihn zuschritt. Triumphierend quiekte er aus seinen sieben Kehlen, und die sieben Kronen auf seinen sieben Köpfen funkelten furchterregend inmitten der Mäusemassen.

Das war für Marie, die dem Geschehen bisher mit stummem Entsetzen beigewohnt hatte, endgültig zuviel.

»Oh, mein armer Nußknacker!« rief sie fassungslos. »Mein armer Nußknacker!«

Schluchzend und ohne groß über ihr Tun nachzudenken, riß sie sich den linken Schuh vom Fuß und schleuderte ihn mit aller Kraft in den dicksten Haufen der Mäuse, in dessen Mitte der feiste Mausekönig thronte und entsetzlich quiekte.

Im selben Augenblick schien der Spuk vorbei zu sein. Die Mäuse stoben ängstlich auseinander und flohen in alle Richtungen. Marie atmete erleichtert auf, spürte aber nun an ihrem linken Arm einen stechenden Schmerz – kurz darauf sank sie ohnmächtig zu Boden.

6. Kapitel

Die Krankheit

Als Marie wie aus tiefem Todesschlaf erwachte, lag sie in ihrem Bett, und die Sonne schien hell und funkelnd durch die mit Eis bedeckten Fenster in das Zimmer.

Dicht neben ihrem Bett saß ein Mann, den sie zunächst nicht erkannte.

Als sie jedoch endlich ganz aufgewacht war und genauer hinschaute, da sah sie, daß es der Hausarzt Doktor Wendelstern war.

»Nun hat sie die Augen aufgeschlagen«, sagte der Doktor leise.

Da kam die Mutter herbei und musterte Marie ängstlich mit prüfenden Blicken.

»Ach, liebe Mama«, flüsterte die kleine Marie kaum hörbar, »sind die ekelhaften Mäuse endlich fort? Ist der Nußknacker in Sicherheit? Wie geht es ihm?«

»Red nicht so ein albernes Zeug, Mariechen«, entgegnete die Mutter, »was haben die Mäuse mit dem Nußknacker zu tun?« Und mit einem sehr strengen Unterton in der Stimme fuhr sie fort: »Du hast uns ja ganz schön in Angst und Schrecken versetzt, Marie! Wir haben uns große Sorgen um dich gemacht! Aber das kommt davon, wenn die Kinder ihren Kopf durchsetzen und nicht auf die Eltern hören. Du hast gestern noch bis tief in die Nacht hinein mit deinen Puppen gespielt und bist darüber wohl eingeschlafen. Wahrscheinlich hat dich dann irgendwann ein Mäuschen erschreckt, das noch einen kleinen Nachtspaziergang gemacht hat, obwohl wir im Haus doch eigentlich keine Mäuse haben! Wie auch immer: Du hast mit dem bloßen Arm eine Glasscheibe der Vitrine eingeschlagen und dich dabei so tief geschnitten, daß Doktor Wendelstern gesagt hat, wir könnten von Glück reden, daß keine Sehnen verletzt worden sind – du hättest sonst womöglich einen steifen Arm zurückbehalten!«

»Abgesehen davon«, ergänzte der Doktor, »daß du fast verblutet wärst! Hätte die Mama dich nicht rechtzeitig gefunden ...«

»Gott sei Dank«, unterbrach die Mutter den Doktor, »wurde ich gegen Mitternacht wach und habe nachgesehen, ob du dich auch gut zugedeckt hast. Du kannst dir vorstellen, was für einen Schreck ich bekommen habe, als ich dein Bett leer und kalt vorfand! Ich bin dann sofort ins Wohnzimmer gestürzt und fand dich ohnmächtig und blutend neben dem Schrank. Um dich herum lagen Fritzens Bleisoldaten und deine Puppen. Der Boden war übersät von angeknabberten Lebkuchenmännern, Zuckererbsen, Bonbons, Spielzeugpferdchen und so weiter. Ich wäre vor Schreck beinahe auch ohnmächtig geworden!«

»Und der Nußknacker?« fragte Marie ängstlich.

»Der Nußknacker lag auf deinem blutenden Arm, und nicht weit von dir lag dein linker Schuh. Wirklich, Kind, du hast das ganze Wohnzimmer auf den Kopf gestellt!«

»Ach, Mama«, verteidigte sich Marie, »das ist alles in der Schlacht zwischen den Puppen und den Mäusen passiert. Der Nußknacker hat die Puppenarmee angeführt, und dann wollten die Mäuse ihn gefangennehmen! Da habe ich meinen Schuh nach den Mäusen geworfen, um ihn zu retten, und von da an kann ich mich an nichts mehr erinnern.«

Doktor Wendelstern zwinkerte der Mutter zu, und diese strich ihrer Tochter daraufhin sanft durch das

Haar und flüsterte liebevoll: »Ist schon gut, Liebes! Beruhige dich, alle Mäuse sind fort, und der Nußknacker steht gesund und munter im Glasschrank.«
Nun kam der Vater ins Zimmer und unterhielt sich lange und sehr leise mit Doktor Wendelstern. Marie schnappte einige Wortfetzen auf und bekam mit, daß von einem Wundfieber die Rede war.
Der Doktor setzte sich dann noch einmal zu ihr ans Bett, fühlte ihren Puls und verschrieb ihr ein Medikament gegen das Fieber.
»Du wirst einige Tage im Bett bleiben müssen«, erklärte er ihr, »nimm schön brav die Medizin, dann wirst du bald wieder gesund sein.«
Marie war sehr müde, der verletzte Arm schmerzte auch nicht allzusehr, und da sie den Nußknacker in Sicherheit wußte, schlief sie beruhigt wieder ein.

In den folgenden Tagen und Nächten dachte sie oft an den Nußknacker und hörte sogar ab und zu, wie er ganz deutlich zu ihr sprach: »Marie, liebste Dame, ich verdanke Ihnen sehr viel, doch Sie könnten noch mehr für mich tun!« Und Marie zerbrach sich vergeblich den Kopf darüber, was er wohl mit diesen Worten meinte, aber sie kam einfach nicht darauf.

So richtig spielen konnte Marie leider nicht, weil sie ständig auf ihren verletzten Arm achten und diesen ruhig halten mußte. Und wenn sie lesen wollte oder in ihren Bilderbüchern blätterte, wurde ihr bald schwindlig, und es flimmerte ihr vor den Augen, so daß sie die Bücher gleich wieder beiseite legte.

So wurden ihr die Tage doch sehr lang, und Marie litt mehr unter der Langeweile als an ihrer Verletzung.

So konnte sie denn auch kaum den Abend erwarten, weil dann nämlich die Mutter kam und sich an ihr Bett setzte, um ihr etwas zu erzählen oder ihr eine spannende Geschichte vorzulesen.

An diesem Abend hatte die Mutter ihr gerade die faszinierende Geschichte vom Prinzen Fakardin vorgelesen, als die Tür aufging und Onkel Droßelmeier eintrat.

»Jetzt will ich aber doch selbst einmal sehen«, rief er, »wie es unserem armen kranken Mäuschen denn so geht!«
Marie zuckte zusammen, sobald sie den Onkel in seinem gelben Jackett erblickte – und dann hatte er sie auch noch »Mäuschen« genannt! Sofort kam ihr jene Nacht wieder in den Sinn, als Nußknacker die Schlacht gegen die Mäuse verlor, und unwillkürlich rief sie dem Obergerichtsrat laut ins Gesicht: »He, Onkel Droßelmeier, warum bist du uns so in den Rücken gefallen? Ich habe genau gesehen, wie du auf der Uhr gehockt und sie mit deinen gelben Flügeln zugehalten hast, damit ihr lautes Schlagen die Mäuse nicht verscheuchen sollte! Ich habe auch genau gehört, wie du den Mausekönig gerufen hast, jawohl! Warum hast du dem Nußknacker nicht geholfen? Und mir hast du auch nicht geholfen, du häßlicher Onkel Droßelmeier! Du bist überhaupt daran schuld, daß ich jetzt verletzt und krank im Bett liegen muß!«
Die Mutter erblaßte und fragte ganz erschrocken: »Was hast du denn, Mariechen?«
Der Onkel indes verzog das Gesicht und schnitt seltsame Grimassen. Mit schnarrender, seltsam monotoner Stimme sprach er:

Perpendikel mußte schnurren,
picken wollte sich nicht schicken!
Uhren, Uhren, Uhren
müssen schnurren,
leise schnurren!
Schlagen Glocken laut kling, klang,
hink und honk
und honk und hank,
Puppenmädel, sei nicht bang!

Schlagen Glöcklein,
ist geschlagen,
Mausekönig fortzujagen.
Kommt die Eul' im schnellen Flug,
pak und pik
und pik und puk,
Glöcklein bim, bim,
Uhren schnurr, schnurr.
Perpendikel müssen schnurren,
picken wollte sich nicht schicken.
Schnarr und schnurr
und pirr und purr!

Seine Sprüche hatte der Patenonkel mit ruckartigen, marionettenhaften Bewegungen des rechten Armes unterstrichen. Marie sah den Patenonkel nun starr und mit großen Augen an. Er kam ihr plötzlich noch häßlicher vor als sonst. Wären nicht noch Fritz und die Mutter mit im Zimmer gewesen, so hätte sie sich vor ihm richtig gefürchtet.

»Was ist denn los mit dir, Onkel Droßelmeier«, rief Fritz und lachte schallend, »du redest ja wie jemand von einem anderen Stern und bewegst dich fast so elegant wie mein alter Hampelmann, den ich schon längst aus dem Fenster geworfen habe!«

Die Mutter blieb ganz ernst und sagte förmlich: »Lieber Herr Obergerichtsrat! Ich finde Ihre Sprüche gar nicht witzig, was meinen Sie denn eigentlich damit?«
»Du lieber Himmel!« erwiderte Droßelmeier lachend. »Das ist doch mein altes Uhrmacherliedchen! Kennt ihr es denn nicht mehr? Ich pflege es doch solchen Patienten wie Marie immer vorzusingen!«
Mit diesen Worten setzte er sich schnell neben Marie auf das Bett und sprach: »Sei mir nicht böse, Kleines, daß ich dem Mausekönig nicht gleich alle vierzehn Augen ausgekratzt habe, doch statt dessen habe ich dir etwas mitgebracht, worüber du dich bestimmt freuen wirst.«
Der Obergerichtsrat griff langsam in die Tasche und zog vorsichtig den Nußknacker heraus. Er hatte ihm mit viel Geschick die ausgefallenen Zähnchen wieder eingesetzt, und auch den ausgeleierten Unterkiefer hatte er repariert.
Marie jubelte vor Freude, und die Mutter sagte lächelnd: »Na, siehst du nun, wie gut es der Onkel Droßelmeier mit deinem Nußknacker meint?«
»Habe ich ihm geholfen, oder nicht?« fragte der Onkel und wartete die Antwort gar nicht erst ab. Er hielt den Nußknacker in die Höhe und fuhr leise fort: »Du mußt zugeben, Marie, er ist alles andere als eine

Schönheit. Schau dir nur die verwachsene Gestalt und das häßliche Gesicht an! Wenn es dich interessiert, so erzähle ich dir gern, wieso er so häßlich ist und woher er kommt – oder kennst du die Geschichte von der Prinzessin Pirlipat, der Hexe Mauserinks und dem erfinderischen Uhrmacher etwa schon?«

»Hör mal«, unterbrach ihn Fritz ganz unvermittelt, »hör mal, Onkel Droßelmeier, die Zähne hast du dem Nußknacker ja richtig eingesetzt, und das Kinn wakkelt auch nicht mehr, aber wo ist das Schwert? Warum hast du ihm kein Schwert umgehängt?«

»Ach, Junge«, erwiderte der Obergerichtsrat ärgerlich, »du hast aber auch immer etwas zu meckern! Nichts ist dir gut genug! Was habe ich mit Nußknakkers Schwert am Hut? Ich habe seine Wehwehchen geheilt – um das Schwert soll er sich nun gefälligst selbst kümmern.«

»Stimmt«, rief Fritz, »wenn er ein ganzer Kerl ist, wird er sich schon selbst ein Schwert zu besorgen wissen.«

»Also, Marie«, fuhr der Obergerichtsrat fort, »kennst du nun die Geschichte von der Prinzessin Pirlipat, oder nicht?«

»Nein, nein«, rief Marie, »erzähle, lieber Onkel Droßelmeier, schnell, fang an!«

»Ich hoffe«, sagte die Mutter nachdrücklich, »ich hoffe, lieber Herr Obergerichtsrat, daß Ihre Geschichte diesmal nicht so haarsträubend ausfällt wie das, was Sie sonst immer zu erzählen pflegen.«
»Ich bitte Sie, teuerste Frau Stahlbaum«, erwiderte Droßelmeier, »es ist eine ganz harmlose und sehr lustige Geschichte, ganz bestimmt.«
»Jetzt fang schon an, Onkel Droßelmeier«, drängten die Kinder, »schieß los!«
Und der Obergerichtsrat begann wie folgt:

7. Kapitel

Das Märchen von der harten Nuß

»Pirlipats Mutter war mit einem König verheiratet, sie war also eine richtige Königin, und Pirlipat war somit vom Tage ihrer Geburt an auch eine richtige Prinzessin. Der König war über die Geburt seines schönen Töchterleins überglücklich. Er wich nicht von der Wiege und stimmte ein ums andere Mal laute Freudengesänge an, wobei er sich auf einem Bein im Tanze zu drehen pflegte.

›Hat man jemals etwas Schöneres gesehen als mein Pirlipatchen?‹ jubelte er dann, und alle Minister, Generäle, Offiziere und Präsidenten sprangen auf, tanzten wie der König auf einem Bein herum und riefen laut aus vollem Halse: ›Nein! Niemals!‹

Und wirklich gab es keinen Zweifel daran, daß Prinzessin Pirlipat das schönste Kind aller Zeiten war. Ihr kleines Gesicht schien aus zarten lilienweißen und rosenroten Seidenflöckchen zu bestehen, die Augen funkelten lebendig und azurblau wie kleine Edelsteine, und ihre krausen Goldlöckchen glänzten in der Sonne und standen ihr ganz prächtig.

Außerdem hatte Pirlipatchen aber noch zwei Reihen kleiner Perlzähnchen mit auf die Welt gebracht, womit sie keine zwei Stunden nach ihrer Geburt dem Reichskanzler in den Finger biß, als dieser ihr das Gesichtchen tätscheln wollte.

›Aua!‹ soll der Kanzler laut aufgeschrien haben. Andere, die dabei waren, behaupten auch, er habe schreckliche Flüche ausgestoßen – bis heute gehen die Meinungen darüber auseinander. Doch wie auch immer – Pirlipatchen also biß dem Reichskanzler in den Finger, und das begeisterte Volk draußen im Land wußte von da an, daß die Prinzessin nicht nur schön, sondern auch klug war.

Alle waren, wie gesagt, glücklich und zufrieden, nur die Königin nicht. Diese war vielmehr äußerst ängstlich und beunruhigt, was sich niemand erklären konnte. Ein untrügliches Anzeichen für ihre Angst war die Tatsache, daß sie Pirlipats Wiege äußerst scharf bewachen ließ. An allen Türen standen bewaffnete Wachen, unmittelbar neben der Wiege saßen zwei Wärterinnen, und in der Nacht mußten zusätzlich sechs weitere Frauen in weitem Kreis um das Bettchen sitzen. Aber vollends unbegreiflich und geradezu lächerlich mutete die Tatsache an, daß jede dieser sechs Wärterinnen einen Kater auf ihren Schoß nehmen und ihn die ganze Nacht hindurch streicheln mußte, so daß alle Kater unentwegt in den höchsten Tönen gurrten und schnurrten.

Nie würdet ihr darauf kommen, liebe Kinder, warum Pirlipats Mutter all diese Vorsichtsmaßnahmen ergriff! Nun, ich weiß es – und werde es euch gleich verraten.

Vor langer Zeit begab es sich, daß am Hofe von Pirlipats Vater viele Könige aus aller Herren Länder und etliche Prinzen zusammenkamen, weshalb ein großes Fest mit Ritterspielen, Theateraufführungen und einem großen Hofball gegeben wurde.

Der König wollte sich nicht lumpen lassen und aller Welt seinen Reichtum vor Augen führen, und da gerade Schlachtzeit war, befahl er dem Oberhofküchenmeister, alles für eines seiner großen, berühmten Wurstessen vorzubereiten, mit dem er die Könige und Prinzen überraschen wollte.

Zärtlich und gut gelaunt sagte er zu seiner Frau: ›Du weißt ja am besten, Schatzilein, wie ich die Würste am liebsten mag!‹

Die Königin hatte ihn sofort verstanden; denn wenn er so zu ihr sprach, meinte er nichts anderes, als daß sie selbst sich an die Töpfe stellen und die Würste eigenhändig machen sollte.

Der Oberhofküchenmeister wurde sogleich angewiesen, den großen goldenen Wurstkessel, die silbernen Kasserollen und viele köstliche Zutaten in die Küche transportieren zu lassen, wo die Königin im Herd schon ein großes Feuer aus Sandelholz angezündet hatte.

Nun band sich die Königin ihre Küchenschürze um, und bald dampften aus dem großen Kessel die herrlichsten Wohlgerüche der Wurstsuppe. Der Duft drang bis in den Regierungssaal, und den König hielt es nicht mehr auf seinem Thron. Kurzerhand unterbrach er die laufende Sitzung.

›Sie entschuldigen mich einen Moment, meine Herren!‹ rief er, lief schnell in die Küche, umarmte seine Frau und rührte selbst ein wenig mit dem goldenen Zepter im Kessel herum, dann kehrte er zufrieden in den Regierungssaal zurück, und die Konferenz konnte fortgesetzt werden.

In der Küche war man nun an dem wichtigen Punkt angelangt, daß der Speck gewürfelt und auf silbernen Rosten gegrillt werden mußte. Die höfischen Kü-

chenhelfer zogen sich diskret zurück, weil sie wußten, daß die Königin diesen entscheidenden Akt aus Treue und Ehrfurcht vor dem königlichen Gemahl immer ganz allein zu vollziehen pflegte.
Kaum hatte aber der Speck angefangen zu schmoren, da erklang leise ein feines, wisperndes Stimmchen: ›Gib mir etwas von dem Braten ab, Schwester! Ich bin doch auch eine Königin und will an dem Festessen teilhaben! Komm, gib mir etwas von dem Braten!‹
Die Königin wußte genau, wer da so sprach – es war Frau Mauserinks. Frau Mauserinks wohnte schon seit vielen Jahren im königlichen Palast und behauptete steif und fest, mit der königlichen Familie verwandt und selbst die Königin von Mausolien zu sein. In der Tat hatte sie unter dem Herd eine regelrechte Mausehofhaltung eingerichtet.
Die Königin war eine gutherzige und mildtätige Frau. Zwar dachte sie nicht daran, ausgerechnet Frau Mauserinks als Königin und Schwester zu akzeptieren, doch gönnte sie ihr an diesem Festtag von ganzem Herzen auch einen schmackhaften Happen und rief: ›Kommt nur her, Frau Mauserinks, und kostet von meinem Speck!‹
Das ließ sich Frau Mauserinks nicht zweimal sagen.

Schnell huschte sie unter dem Herd hervor, hüpfte neben den Rost und schnappte mit den zierlichen kleinen Pfötchen nach den Speckstückchen, die ihr die Königin bereitwillig hinhielt.

Da kam nach und nach die ganze Verwandtschaft von Frau Mauserinks unter dem Herd hervor: Onkel, Tanten, Nichten, Neffen und schließlich auch noch ihre sieben nichtsnutzigen Söhne. Sie alle fielen über den Speck her, noch ehe die erschrockene Königin dies verhindern konnte.

Zum Glück kam noch rechtzeitig die Oberhofmeisterin hinzu und verjagte die zudringlichen Gäste, so daß noch ein paar Speckwürfelchen übrigblieben, die nach den genauen Berechnungen des eiligst herbeigerufenen Hofmathematikers ebenso sparsam wie gleichmäßig auf alle Würste verteilt wurden.

Zu den Klängen von Pauken und Trompeten hielten derweil die Könige und Prinzen Einzug in den großen Speisesaal des Palastes. Immer noch fuhren neue, prächtig geschmückte Kutschen vor, und die Herrschaften schritten würdevoll zu Tische.

Der König empfing sie mit huldvollem Blick und herzlicher Freundschaft. Als Landesherr hatte er am Kopfende des Tisches Platz genommen, die mächtige Königskrone auf dem Haupt. Dann schlug er mit dem goldenen Zepter dreimal auf die schwere Tischplatte, und der erste Wurstgang, der aus Bergen von Leberwürsten bestand, wurde aufgetragen.

Der König griff als erster zu und begann mit leuchtenden Augen genußvoll zu kauen. Doch schon nach den ersten Bissen sah man, wie er immer mehr erblaßte und ärgerlich den Kopf schüttelte. Auch seufzte er in einem fort, zuerst leise, dann immer lauter, als litte er große Schmerzen.

Als im zweiten Gang nun die Blutwürste serviert wurden und der König davon kostete, sank er mit lautem Schluchzen ächzend in den Lehnstuhl zurück, schlug beide Hände vor das Gesicht und weinte hemmungslos.

Alles sprang von der Tafel auf, der Leibarzt bemühte sich nach Kräften, dem König den Puls zu fühlen, doch dieser war offensichtlich von einem solch grenzenlosen Kummer erfaßt, daß es ihn beinahe zu zerreißen schien.

Endlich, endlich, nachdem man auf ihn eingeredet hatte wie auf einen lahmen Esel, nachdem man alle möglichen Mittelchen ausprobiert und ihm sogar einen Federkiel in den Hals gesteckt hatte, endlich schien der König wieder zu sich zu kommen, und kaum hörbar stammelte er: ›Verschwörung ... Attentäter ... in der Wurst ... in der Wurst ist ... zu wenig Speck!‹

Da warf sich ihm die untröstliche Königin zu Füßen und schluchzte: ›Oh, mein armer, unglücklicher königlicher Gemahl! Oh, welchen Schmerz hatten Sie zu ertragen! Sehen Sie her, die Schuldige liegt zu Ihren Füßen! Strafen, ja, strafen Sie mich hart! Ich habe es nicht anders verdient! Ach, ach, die Frau Mauserinks mit ihren sieben Söhnen und der ganzen buckligen Verwandtschaft hat doch den Speck aufgefressen und ... und ...‹ Und dann kippte die Königin nach hinten hinüber und blieb ohnmächtig am Boden liegen.

Aber der König sprang voller Zorn auf und schrie: ›Oberhofmeisterin! Wie konnte das passieren?‹

Die Oberhofmeisterin erzählte alles, was sie wußte, und der König schwor, sich an Frau Mauserinks und ihrer Familie, die ihm den Speck aus der Wurst gefressen hatte, fürchterlich zu rächen.

Auf der Stelle berief er eine außerordentliche Staatsratssitzung ein, auf der beschlossen wurde, der Frau Mauserinks den Prozeß zu machen und ihr gesamtes Hab und Gut zu beschlagnahmen. Da der König aber befürchtete, daß so ein Prozeß sich eine Weile hinziehen und sie ihm unterdessen noch jede Menge Speck wegfressen könnte, gab er sich mit dem Ratsbeschluß nicht zufrieden, sondern bat einen Fachmann ganz besonderer Natur um Rat und Hilfe: seinen Hofuhrmacher und Zauberkünstler Christian Elias Droßelmeier.

Ja, ihr habt richtig gehört, Kinder, er hieß tatsächlich Droßelmeier – genau wie ich. Und dieser begnadete

Mensch versprach, auf eine ganz besonders raffinierte Art und Weise die Frau Mauserinks samt ihrer ganzen Sippe ein für allemal aus dem Palast zu vertreiben. Er machte sich auch sofort an die Arbeit und konstruierte kleine Gehäuse aus Draht und Holz, in die, an dünnen Fädchen befestigt, gebratener Speck getan wurde. Dann stellte Droßelmeier etliche dieser komplizierten Geräte in der königlichen Küche rund um den Herd auf.

Frau Mauserinks hatte den Braten sofort gerochen. Sie war viel zu erfahren und zu weise, um Droßelmeier auf den Leim zu gehen, ganz im Gegensatz zu ihren Angehörigen, die dem verführerischen Duft des gebratenen Specks nicht widerstehen konnten, und rei-

henweise gingen ihre Nichten, Neffen, Onkel, Tanten und alle ihre sieben Söhne in die Falle.
Sobald die Mäuse nämlich die Schwelle eines dieser käfigartigen Gehäuse passiert hatten und sich gerade über den Speck hermachen wollten, rasselte, ausgelöst durch einen komplizierten Mechanismus, ein Gitter hinter ihnen herunter, und sie waren gefangen.
Der Vollständigkeit halber sei erwähnt, daß alle Mäuse noch am selben Tag an Ort und Stelle schmachvoll hingerichtet wurden – die Einzelheiten möchte ich euch allerdings ersparen!
Frau Mauserinks verließ mit einigen wenigen Artgenossen, die das Mäusemassaker überlebt hatten, den Ort des Schreckens. Gram, grenzenlose Verzweiflung und unbändige Rachegelüste erfüllten ihre Brust.
Der Jubel am Hof war natürlich groß, doch die Königin war sehr besorgt, weil sie Frau Mauserinks nur allzu gut kannte und wußte, daß sie den Tod ihrer Söhne und Verwandten nicht ungestraft hinnehmen würde.
Und in der Tat, als die Königin eines Tages am Herd stand und ihrem Gemahl eines seiner Lieblingsgerichte, einen knusprigen normannischen Schweinebraten, zubereitete, saß plötzlich Frau Mauserinks

vor ihr und sagte drohend: ›Meine Söhne, meine Nichten und Neffen, all meine geliebten Verwandten wurden erschlagen! Paß nur gut auf, Frau Königin, daß ich eines Tages nicht dein Prinzeßchen erwische und es in Stücke reiße – paß nur ja gut auf!‹
Und schon war sie wieder verschwunden. Die Königin war so erschrocken, daß sie den ganzen Braten ins Feuer fallen ließ, und zum zweiten Mal hatte Frau Mauserinks dem König eine Lieblingsspeise verdorben!«

Onkel Droßelmeier, der die ganze Zeit über auf Maries Bett gesessen hatte, erhob sich nun ächzend und reckte sich ausgiebig.
»So, Kinder, genug für heute! Es ist schon spät. Wie es weitergeht, erfahrt ihr ein andermal!«
Sosehr auch Marie, die sich bei der Geschichte so ihre eigenen Gedanken gemacht hatte, den Onkel bat, jetzt nicht aufzuhören und doch ja weiterzuerzählen, er ließ sich nicht herumkriegen und erklärte: »Zuviel auf einmal ist ungesund, wie's weitergeht, erfahrt ihr morgen!«
Der Obergerichtsrat wollte gerade zur Tür hinaus, als Fritz nachdenklich fragte: »Sag mal, Onkel Droßelmeier, stimmt es, daß du die Mausefalle erfunden hast?«

»Was für eine alberne Frage!« rief die Mutter, aber der Obergerichtsrat lächelte tiefgründig und sagte leise: »Bin ich ein geschickter Uhrmacher, oder nicht?« Und ohne eine Antwort abzuwarten, fügte er hinzu: »Dann werde ich wohl auch so eine lausige Mausefalle erfinden können!«

8. Kapitel

Fortsetzung des Märchens von der harten Nuß

»Nun wißt ihr also, Kinder«, fuhr der Obergerichtsrat Droßelmeier am nächsten Abend fort, »nun wißt ihr also, warum die Königin das wunderschöne Prinzeßchen Pirlipat so gut bewachen ließ. Sie mußte natürlich damit rechnen, daß Frau Mauserinks eines Tages wiederkommen würde, um ihre Drohung, die Prinzessin totzubeißen, in die Tat umzusetzen.
Droßelmeiers Mausefallen konnten der klugen und vorsichtigen Frau Mauserinks bekanntlich nichts anhaben, so daß der Hofastronom, der gleichzeitig auch Geheimer Oberhellseher und Sterndeuter war, auf die Idee mit den schnurrenden Katzen kam.
Allerdings durften es nicht irgendwelche beliebigen Katzen sein; vielmehr schwor der Hofastronom auf

die männlichen Nachkommen aus der Familie des Katers Schnurr. So hielt also jede Wärterin einen echten Schnurr-Kater auf dem Schoß und war bemüht, ihm durch ständiges Knuddeln und Kraulen die beschwerliche Nachtschicht zu versüßen.

Eines Nachts, die Geisterstunde war schon fast vorüber, schreckte eine der beiden Geheimen Oberwärterinnen, die dicht an der Wiege saßen, wie aus tiefem Schlafe hoch. Alles schien zu schlafen, es war totenstill, nur das Picken eines Holzwurms drang ab und zu durch die Stille, aber kein Schnurren war zu hören! Plötzlich erstarrte die Oberwärterin, und ihr Herz wollte vor Schreck aufhören zu schlagen, denn unmittelbar vor ihren Augen saß in der Wiege eine dicke, fette Maus – Frau Mauserinks! Sie hatte sich auf den Hinterfüßen aufgerichtet und ihren häßlichen Kopf auf das Gesicht der Prinzessin gelegt.

Mit einem Schrei des Entsetzens sprang die Wärterin auf.

Alles erwachte, und im selben Augenblick sprang Frau Mauserinks auf, sprang auf den Boden und rannte in eine Ecke des Zimmers. Die Wärterinnen stürzten ihr nach, doch es war schon zu spät – durch ein Schlupfloch in den Dielenbrettern war sie schon entkommen.

Auch Pirlipatchen war von dem Tumult aufgewacht und weinte ganz kläglich. ›Gott sei Dank!‹ riefen die Wärterinnen. ›Sie lebt!‹

Doch wie groß war ihr Entsetzen, als sie nun in die Wiege schauten und feststellten, was aus dem schönen, zarten Mädchen geworden war.

Statt des eben noch goldgelockten, zartweißen Engelsköpfchens saß nun ein unförmiger, dicker Schädel auf einem klitzekleinen, gekrümmten Körper, und die azurblauen Äuglein hatten sich in giftgrüne, stechende Augen verwandelt, die starr vor sich hin blickten. Darunter, wo zuvor das niedliche Mündchen gewesen war, zog sich nun ein breites Maul von einem Ohr zum anderen.

Die Königin weinte und jammerte sich fast die Seele aus dem Leib, als sie ihr Kind erblickte, und das Arbeitszimmer des Königs mußte rundum mit dicker Watte ausgepolstert werden, weil der unglückliche Regent immer wieder mit dem Kopf gegen die Wand rannte und dabei mit markerschütternder Stimme rief: ›Oh, ich unglückseliger Monarch!‹

Er hätte nun durchaus einsehen können, daß es allemal besser und obendrein gesünder gewesen wäre, die Wurst ohne Speck zu essen und Frau Mauserinks mit ihrer Sippschaft unter dem Herd in Ruhe zu lassen, aber soweit dachte Pirlipats königlicher Vater nicht. Statt dessen schob er alle Schuld ganz allein dem Hofuhrmacher und Sterndeuter Christian Elias Droßelmeier aus Nürnberg in die Schuhe.

Er befahl, daß Droßelmeier innerhalb von vier Wochen Pirlipats alten Zustand entweder wiederherzustellen habe oder wenigstens ein Mittel nennen müsse, das die Wiederherstellung des alten Zustands ermögliche. Sollte ihm nichts von beidem innerhalb der gesetzten Frist gelingen, werde er ihn vor den Henker führen und hinrichten lassen.

Droßelmeier bekam einen gehörigen Schreck, besann sich aber schnell und vertraute ganz auf sein Können und sein Glück. Sofort ging er an die Arbeit, und sein erstes Werk bestand darin, Pirlipatchen komplett auseinanderzunehmen und ihre Einzelteile einer genauen Untersuchung zu unterziehen. Geschickt schraubte er ihr die Händchen und Füßchen ab, sah ihr in Kopf und Bauch, drehte hier und prüfte dort und kam am Ende zu dem niederschmetternden Ergebnis, daß die Prinzessin mit fortschreitendem Alter sehr wahrscheinlich immer unförmiger und häßlicher werden würde.

Droßelmeier war mit seinem Latein am Ende. Was konnte er noch tun? Behutsam setzte er die Prinzessin wieder zusammen und versank sodann neben ihrer Wiege, die er nicht verlassen durfte, in tiefe Schwermut.

So verstrich die Zeit, und schon war die vierte Woche angebrochen, ohne daß dem Hofuhrmacher der rettende Gedanke gekommen wäre.

Am Mittwoch stürzte der König in das Zimmer. Seine Augen funkelten zornig, und er rief, drohend das Zepter schwenkend: ›Christian Elias Droßelmeier! Kuriere die Prinzessin – oder du mußt sterben!‹

Droßelmeier fing an, bitterlich zu weinen, während Prinzeßchen Pirlipat vergnügt Nüsse knackte. Da fiel dem Hofuhrmacher zum ersten Mal auf, daß die Prinzessin für ihr zartes Alter ungewöhnlich viel Nüsse aß, und in diesem Zusammenhang erinnerte er sich daran, daß Pirlipat mit allen Zähnchen im Mund zur Welt gekommen war.

Gleich nach ihrer Verwandlung hatte sie ganz fürchterlich geschrien und war erst durch eine Nuß, die ihr zufällig in die Hände geriet, zu beruhigen gewesen. Sie hatte die Nuß sogleich mit ihren Zähnen aufgeknackt und den Kern gierig verzehrt. Von da an bekam sie von den Wärterinnen täglich reichlich

Nüsse zu knacken und zu essen, und die Kleine war glücklich und zufrieden.

›Oh, heiliger Instinkt der Natur!‹ rief nun Christian Elias Droßelmeier überglücklich. ›Wie bist du doch so unerreicht und unerforschlich weise! In diesem Augenblick hast du mir die Pforte der Erkenntnis ganz weit geöffnet und mir den rettenden Weg gewiesen!‹

Er bat sogleich um die Erlaubnis, seinen besten Freund, den Hofastronomen, sprechen zu können, und wurde unter starker Bewachung zu ihm geführt. Die beiden umarmten sich und vergossen viele Freudentränen, denn sie hatten sich lange Wochen nicht gesehen. Gleich darauf zogen sie sich in ein entlegenes Arbeitszimmer zurück und studierten alle verfügbaren Bücher, die sich mit den natürlichen Instinkten von Mensch und Tier, ihren angeborenen Vorlieben und Abneigungen und anderen geheimnisvollen Zusammenhängen beschäftigten.

Als die Nacht hereinbrach, richtete der Hofastronom sein Fernrohr auf die Sterne, und mit Droßelmeiers Hilfe erstellte er das Horoskop der Prinzessin Pirlipat.

Das war allerdings gar nicht so einfach, weil sich anfangs alle Linien immer mehr verwirrten, doch nach etlichen Versuchen und mit vereinten Kräften gelang es den beiden schließlich, die Sterne der Prinzessin zu deuten.

Und welche Freude überkam den Hofuhrmacher und seinen Freund, als das Horoskop ihnen eindeutig und verläßlich verkündete, daß es nur *ein* Mittel gebe, um den Zauber, der die Prinzessin so häßlich gemacht hatte, aufzuheben und Pirlipat wieder in alter Schönheit erstrahlen zu lassen – sie mußte dazu lediglich den süßen Kern der Nuß Krakatuk verzehren.

Nun war die Sache aber doch nicht ganz so einfach, denn die weitere Auslegung des Horoskops ergab, daß die Nuß Krakatuk, bevor die Prinzessin sie essen durfte, von einem Mann aufgeknackt werden mußte, der sich noch nie in seinem Leben rasiert und der noch nie Stiefel getragen hatte. Dieser Jüngling mußte die Nuß vor den Augen der Prinzessin aufbeißen und ihr den Kern mit geschlossenen Augen überreichen. Sodann mußte er, ebenfalls mit geschlossenen Augen, sieben Schritte rückwärts tun, ohne zu stolpern, dann erst durfte er die Augen wieder öffnen.

Nun muß man aber wissen, daß die Nuß Krakatuk eine solch harte Schale hat, daß eine ganze Elefantenherde über sie hinwegstampfen kann, ohne sie zu zerbrechen.

Drei Tage und drei Nächte hatten Droßelmeier und der Hofastronom ununterbrochen gearbeitet, und am Samstag, der König saß gerade im Speisesaal beim Mittagessen, stürzte Droßelmeier, der Sonntag in aller Frühe hingerichtet werden sollte, voller Freude in den Saal und verkündete jubelnd, daß er das Mittel, das der Prinzessin die verlorene Schönheit wiedergeben würde, endlich gefunden habe.
Der König umarmte ihn gerührt und mit großem Wohlwollen. Er versprach ihm einen mit Diamanten besetzten Degen, vier prächtige Orden und zwei neue Sonntagsröcke.
›Gleich nach dem Essen‹, rief er fröhlich, ›fangen wir an! Sorgen Sie dafür, lieber Droßelmeier, daß dann der unrasierte junge Mann in Schuhen oder Sandalen mit dieser komischen Nuß da ist, und passen Sie auf, daß er noch keinen Wein getrunken hat, damit er gerade geht und nicht stolpert, wenn er die sieben Schritte rückwärts gehen soll – hinterher kann er sich meinetwegen vollaufen lassen!‹
Droßelmeier geriet nun in die ärgste Verlegenheit, und nicht ohne heftiges Zittern und Zagen brachte er stammelnd hervor, daß das Mittel zwar nun gefunden sei, daß jedoch die Nuß Krakatuk und der junge Mann, der sie aufbeißen kann, erst noch gesucht wer-

den müßten. Und sehr kleinlaut fügte er hinzu, daß es im übrigen nicht sicher sei, ob die Nuß und der Nußknacker jemals gefunden würden.
Voller Zorn und hochroten Kopfes schwang der König das Zepter über sein gekröntes Haupt und brüllte mit Löwenstimme: ›Dann bleibt es bei der Hinrichtung!‹
Droßelmeier sackte vor Angst und Panik in sich zusammen, und er wußte keinen Ausweg mehr aus dieser hoffnungslosen Situation, da ergriff plötzlich die gutmütige Königin für den armen Droßelmeier Partei. Sie bedauerte sein Schicksal von ganzem Herzen und machte ihrem Gemahl klar, daß der Uhrmacher im Grunde ja das Mittel zur Heilung der Prinzessin gefunden und seine Aufgabe somit erfüllt habe. Der König sprach zunächst von dummen Ausreden und einfältigem Quatsch, doch er hatte gerade sehr gut gegessen und war dementsprechend gut gelaunt, so daß er schließlich, nachdem er noch ein Verdauungsschnäpschen zu sich genommen hatte, nachgab und beschloß, daß Droßelmeier und der Astronom sich auf die Reise machen sollten, um die verdammte Nuß zu suchen und sie schleunigst hierherzubringen. Um einen geeigneten Nußknacker wollte sich derweil die Königin höchstpersönlich kümmern. Ihr

schwebte vor, in diversen inländischen und ausländischen Zeitungen und Illustrierten entsprechende Kleinanzeigen aufzugeben.«

An dieser Stelle unterbrach der Obergerichtsrat seine Erzählung noch einmal und versprach, die Geschichte am nächsten Abend zu Ende zu erzählen.

9. Kapitel

Der Schluß des Märchens von der harten Nuß

Am nächsten Abend fand sich Onkel Droßelmeier kurz nach Einbruch der Dunkelheit wie versprochen wieder ein und erzählte ohne Umschweife weiter.

»Der Hofuhrmacher und der Hofastronom waren mittlerweile schon fünfzehn lange Jahre unterwegs, ohne auch nur eine Spur der Nuß Krakatuk gefunden zu haben.

Wo sie in dieser Zeit überall gewesen waren und was ihnen auf ihrer Reise alles zustieß, davon könnte ich euch, liebe Kinder, wohl wochenlang erzählen! Ich will diese Zeit daher überspringen und damit fortfahren, daß Droßelmeier mit den Jahren eine immer stärkere Sehnsucht nach seiner Heimatstadt Nürnberg verspürte.

Ganz stark überkam ihn dieses Heimweh wieder

einmal, als er mit seinem Freund eines Tages mitten in Asien in einem tiefen Wald hockte und versonnen sein Pfeifchen rauchte.

›O Nürnberg, du schöne Heimatstadt!‹ seufzte er. ›Man muß dich einfach gesehen haben! London, Paris und Peterwardein mögen schöne Städte sein, doch mit der Schönheit Nürnbergs sind sie nicht zu vergleichen. O Nürnberg, du schöne Stadt!‹

Als Droßelmeier so wehmütig und sehnsüchtig klagte, wurde der Astronom von einem tiefen Mitleid ergriffen, und er begann so jämmerlich und durchdringend zu heulen, daß man es in ganz Asien hören konnte.

Er hatte sich aber bald wieder gefaßt, wischte sich die Tränen aus den Augen und fragte: ›Liebster Freund, warum sitzen wir eigentlich hier und heulen? Warum gehen wir nicht einfach nach Nürnberg? Ist es letztendlich nicht schnurzpiepegal, *wo* wir diese dumme Nuß suchen?‹

›Das ist überhaupt wahr‹, entgegnete Droßelmeier erleichtert. Und so erhoben sich die beiden, klopften ihre Pfeifen aus und gingen schnurstracks auf dem kürzesten Wege aus dem asiatischen Wald nach Nürnberg.

Kaum waren sie dort angekommen, da lief Droßelmeier gleich zu seinem Vetter, dem Puppenmacher, Lackierer und Vergolder Christoph Zacharias Droßelmeier, den er seit vielen Jahren nicht mehr gesehen hatte.

Er erzählte ihm nun die ganze Geschichte von der Prinzessin Pirlipat, der Frau Mauserinks und der Nuß Krakatuk, und der Vetter schlug immer wieder die Hände über dem Kopf zusammen, als er die Einzelheiten vernahm.

›Mein lieber Vetter!‹ rief er ungläubig. ›Was erzählst du da für sonderbare Dinge!‹

Droßelmeier berichtete weiter von den Abenteuern seiner langen Reise und den vielen vergeblichen Bemühungen, die Nuß Krakatuk zu finden.

Christoph Zacharias wurde bei der Beschreibung der besagten Nuß plötzlich ganz hellhörig. Er schnippte mit den Fingern, rannte unruhig im Zimmer auf und ab, pfiff durch die Zähne und rief schließlich: ›Junge, Junge! Das wäre ja . . . oh! Oh! Oh! Zum Teufel, wenn das nicht . . .!‹

Er warf mit einem Ruck seine Mütze samt Perücke in die Luft, fiel dem Vetter um den Hals und jubelte: ›Du bist gerettet! Gerettet! Verstehst du? Es müßte schon mit dem Teufel zugehen, wenn ich mich täusche!‹

›Was hast du denn?‹ fragte Droßelmeier ganz verstört.
›Was ich habe? Was ich habe? Junge, ich habe die Nuß Krakatuk!‹
›Du . . .‹ Droßelmeier wurde es schwindlig. ›Du hast die Nuß Krakatuk?‹
Der Vetter hatte bereits eine Schachtel hervorgeholt. Er blies den Staub von ihrem Deckel und öffnete sie. Es lag eine vergoldete, mittelgroße Nuß darin.

›Sieh her‹, sagte er und nahm die Nuß heraus, ›ich weiß noch genau, wie ich an sie gekommen bin! Vor vielen Jahren kam einmal zur Weihnachtszeit ein Fremder mit einem ganzen Sack voller Nüsse in die Stadt, um sie auf dem Weihnachtsmarkt zu verkaufen. Genau vor meinem Puppenstand traf er den hiesigen Nußhändler, der mit ihm einen Streit anfing, um den lästigen Konkurrenten zu vergraulen. Der Fremde setzte den Sack auf die Straße, damit er die Hände frei hatte und sich besser verteidigen konnte, als just in diesem Augenblick ein schwerer Lastwagen um die Ecke bog und über den Sack rumpelte. Alle Nüsse zerbrachen auf der Stelle – bis auf eine einzige!‹ Der Vetter machte eine kurze Pause und schloß dann mit den Worten ›Und die habe ich dann dem armen Kerl für ein paar Pfennige abgekauft. Später habe ich sie aus irgendwelchen Gründen vergoldet – und hier ist sie!‹

Jeder Zweifel daran, daß die Nuß des Vetters wirklich die langgesuchte Krakatuk war, wurde augenblicklich zerstreut, als der eilends herbeigerufene Hofastronom das Gold sorgfältig abkratzte und, tief mit großen Lettern in die Schale eingraviert, das Wort KRAKATUK freilegte.

Die Freude der Reisenden war riesig und der Vetter der glücklichste Mensch unter der Sonne, als Droßelmeier ihm versicherte, daß er nun ein gemachter Mann sei, da er neben einer ansehnlichen Pension in Zukunft sein gesamtes Gold zum Vergolden umsonst bekommen werde.

Am selben Abend bereiteten sich der Astronom und

Droßelmeier zufrieden auf die Nacht vor. Beide hatten schon ihre Schlafmützen aufgesetzt und wollten gerade ins Bett gehen, als der Astronom plötzlich sagte: ›Lieber Kollege, ein Glück kommt selten allein – das ist so wie mit dem Bein! Ich bin überzeugt, daß wir nicht nur die Nuß Krakatuk, sondern auch den jungen Mann gefunden haben, der sie aufbeißen und der Prinzessin den Kern der Schönheit überreichen wird!‹

Droßelmeier machte unter seiner Schlafmütze ein nicht gerade intelligentes Gesicht und sah den Astronomen fragend an.

›Der Sohn Ihres Vetters!‹ rief er. ›Der wird es schaffen!‹

›Was?‹

›Natürlich‹, fuhr der Astronom fort und riß sich die Schlafmütze vom Kopf, ›geschlafen wird später! Auf der Stelle wollen wir dem Jüngling das Horoskop stellen!‹

Der Sohn des Vetters war in der Tat ein netter, wohlgewachsener Junge, der noch nie rasiert worden war und noch nie Stiefel getragen hatte. Zwar war er in früher Jugend ein paar Weihnachtsfeste lang ein Hampelmann gewesen, aber das merkte man ihm jetzt überhaupt nicht mehr an, denn sein Vater hatte tüchtig an ihm gearbeitet.

An den Weihnachtstagen trug er einen hübschen roten Rock mit Goldknöpfen, einen Degen, den Hut unter dem Arm und eine kunstvolle Frisur unter einem Haarnetz. So stand er geschniegelt und gestriegelt in der Bude seines Vaters und knackte aus reiner Höflichkeit für die jungen Mädchen Nüsse auf. Zum Dank nannten sie ihn liebevoll *unser Nußknackerchen*.

Der Astronom arbeitete die ganze Nacht wie besessen am Horoskop des Jünglings, und am Morgen riß er den Hofuhrmacher, der wiederholt am Tisch eingeschlafen war, mit einem Freudenschrei aus dem Schlaf: ›Ja! Er ist es! Wir haben ihn gefunden!‹

›Tatsächlich?‹ fragte Droßelmeier schlaftrunken und ungläubig.
›Ja! Allerdings gilt es nun, zwei Dinge ganz besonders zu beachten!‹
›Und zwar?‹
›Zum einen müssen Sie Ihrem Neffen einen griffigen Zopf aus Hartholz schnitzen, der mit dem Unterkiefer so stabil verbunden werden muß, daß dieser auch stärksten Belastungen standhält.‹
›Und weiter?‹
›Zum anderen müssen wir, wenn wir an den Hof kommen, sorgfältig verschweigen, daß wir den Nußknacker für die Krakatuk gleich mitgebracht haben! Damit dürfen wir erst viel später herausrücken.‹
›Wieso denn das?‹
›Weil das Horoskop sagt, daß der König, wenn sich erst einmal einige ohne Erfolg die Zähne an der Nuß ausgebissen haben, demjenigen, der die Nuß endlich knackt und der Prinzessin ihre Schönheit zurückgibt, seine Tochter zur Frau gibt und das ganze Reich dazu!‹
Der Puppenmacher geriet ganz aus dem Häuschen, als er erfuhr, daß sein Söhnchen die Prinzessin Pirlipat heiraten und Prinz und König werden sollte, weshalb er ihn den beiden gerne mitgab.

Der Zopf, den Droßelmeier dem jungen, hoffnungsvollen Neffen anmontierte, war gut gelungen und arbeitete mit dem Unterkiefer perfekt zusammen. In verschiedenen Versuchen hatte sich die Konstruktion bewährt, und Nußknackerchen war in der Lage, auch den härtesten Pfirsichkern ohne Schwierigkeiten zu zerbeißen.

Droßelmeier und der Astronom hatten das Auffinden der Nuß Krakatuk natürlich sofort dem Hofe mitgeteilt, und als die Reisenden mit dem Schönheitsmittel dort ankamen, hatten sich schon etliche hübsche Jünglinge, darunter sogar ein paar Prinzen, eingefunden, die, ihrem gesunden Gebiß vertrauend, die Prinzessin von ihrem häßlichen Äußeren erlösen wollten.

Die beiden Reisenden bekamen einen gehörigen Schrecken, als sie die Prinzessin nach der langen Zeit ihrer Abwesenheit nun wiedersahen.

Der kleine Körper mit den winzigen Händchen und Füßchen konnte kaum den unförmig aufgedunsenen Kürbiskopf tragen. Die Häßlichkeit ihres Gesichts ist kaum zu beschreiben – zum Glück verbarg ein weißer, zotteliger Baumwollbart, der sich um Mund und Kinn gelegt hatte, wenigstens einen Teil davon.

Und dann kam alles so, wie es der kluge Hofastronom

in der Auslegung des Horoskops vorausgesagt hatte: Ein Milchbubi nach dem anderen trat an und biß sich an der Nuß Krakatuk die Zähne aus, was der Prinzessin natürlich herzlich wenig nützte. Wenn ihn dann die eigens zu diesem Zwecke engagierten Zahnärzte mehr tot als lebendig wegtrugen, um ihm die Beißerchen zu richten, nuschelte so manch einer in ehrfürchtiger Verzweiflung: ›Wasch ischt dasch für eine harte Nusch!‹

Als nun der König, wie vorausgesagt, in seiner Angst um das Wohl der Tochter demjenigen, dem es gelingen würde, die Nuß zu knacken, die Hand der Prinzessin und das ganze Königreich versprach, da meldete sich endlich ganz schüchtern der unscheinbare Jüngling aus Nürnberg.

›Droßelmeier ist mein Name‹, sagte er leise zu einer der Torwachen, ›ich würde es gern einmal mit der Nuß versuchen!‹ Ohne weitere Umstände erhielt er Einlaß in den Palast, wo man ihn sofort an Pirlipats Bett führte. Die arme Prinzessin sah ihn lange an. Der junge Droßelmeier gefiel ihr sehr. Noch keiner hatte ihr so gut gefallen wie er.

Sie legte die kleinen Hände auf ihr Herz und seufzte leise: ›Ach, wie wäre es schön, wenn *er* die Nuß knacken und mein Mann werden würde!‹

Nachdem der junge Mann das Königspaar und schließlich auch die Prinzessin Pirlipat sehr höflich begrüßt hatte, überreichte ihm der Oberzeremonienmeister feierlich die Nuß Krakatuk. Droßelmeier nahm sie wortlos, klemmte sie sich zwischen die Zähne, rückte seinen hölzernen Zopf zurecht und – Krak! Krak! – biß sie entzwei, als sei dies die leichteste Sache der Welt!

Die Schale zersprang in viele Stücke, und der Jüngling hielt den unversehrten Kern in der Hand. Er reinigte ihn sorgfältig von den letzten Schalenresten und einigen noch daranhängenden Fasern, verbeugte sich untertänigst, schloß die Augen und überreichte den Kern der Prinzessin – dann zog er sich, rückwärts schreitend, wieder zurück.

Die Prinzessin zerkaute auf der Stelle den Kern und schluckte ihn hinunter. Und siehe da, auf wundersame Weise war ihre mißgebildete Gestalt sofort verschwunden, und statt ihrer stand plötzlich eine engelschöne Frau da. Ihre Haut schimmerte wie lilienweiße und rosarote Seide, die azurblauen Augen leuchteten hell, und das hübsche Gesicht wurde von den prachtvollsten Goldlöckchen eingerahmt.

Kaum hatte sich die Nachricht von der glücklichen Verwandlung der Prinzessin herumgesprochen, da erschallten im ganzen Land die Pauken und Trompeten, und der Jubel war groß.

Der König und der gesamte Hofstab hüpften vor Freude auf einem Bein durch den ganzen Palast, genau wie seinerzeit bei Pirlipats Geburt, und die Königin mußte immerzu mit Eau de Cologne erfrischt werden, um nicht vor Freude und Entzücken in Ohnmacht zu fallen.

Der Tumult irritierte den jungen Droßelmeier, der seine sieben Rückwärtsschritte noch nicht vollendet hatte. Er konzentrierte sich gerade auf den siebten und letzten Schritt, als sich plötzlich mit einem fürchterlichen Piepsen und Quieken Frau Mauserinks aus einer Spalte im Boden quetschte. Das Unglück wollte es, daß Droßelmeier, als er den Fuß niedersetzte, genau auf sie trat und daraufhin so ins Stolpern geriet, daß er beinahe lang hingeschlagen wäre.

Aber was war mit dem armen Kerl da um Himmels willen geschehen? Mit einem Schlag war der Jüngling jetzt genauso häßlich und mißgestaltet wie zuvor die Prinzessin Pirlipat! Der Körper war zusammengeschrumpft und konnte den dicken Wasserkopf mit seinen großen Glupschaugen und dem Breitmaul kaum tragen. Wo eben noch der stattliche Zopf gesessen hatte, den er so erfolgreich als Hebel benutzt

hatte, um seinem Unterkiefer den nötigen Biß zu verleihen, hing ihm nun ein schäbiger hölzerner Mantel schlapp den Rücken hinunter.

Der Uhrmacher und der Hofastronom waren außer sich vor Schreck und Entsetzen, als sie die gräßliche Verwandlung mit ansehen mußten. Sie sahen allerdings auch, wie Frau Mauserinks sich in ihrem Blut auf dem Boden wälzte. Ihre Bosheit war nicht ungerächt geblieben, denn der junge Droßelmeier hatte sie mit dem spitzen Absatz seines Schuhs tödlich am Hals getroffen, und nun lag sie in den letzten Zukkungen.

Aber noch im letzten, schweren Todeskampf piepte und quiekte sie unablässig:

Oh, Krakatuk, du harte Nuß,
an der ich wohl nun sterben muß,
hihi, pipi, Nußknackerlein,
auch du wirst bald des Todes sein!
Das Söhnlein mit den sieben Kronen
wird den Nußknacker belohnen
und die Mutter rächen fein
an dir, du klein Nußknackerlein!
Oh, Leben, Leben, frisch und rot
nun muß ich scheiden in den Tod!

Und mit einem erbärmlichen Quieken verschied Frau Mauserinks. Der königliche Ofenheizer trug die sterblichen Überreste schweigend davon.
Um den jungen Droßelmeier hatte sich derweil niemand mehr gekümmert, und von seiner Verwandlung hatte außer den beiden Reisegefährten niemand etwas mitbekommen. Nun aber erinnerte die Prinzessin ihren Vater höchstpersönlich an sein Versprechen, und der befahl auch sofort, daß man den großen Helden zu ihm bringe.
Als nun aber der Unglückliche in seiner ganzen Verunstaltung vor die königliche Familie trat, da schlug die Prinzessin die Hände über dem Kopf zusammen und verbarg ihr Gesicht hinter dem breiten Rücken des Königs.
›Hinweg!‹ schrie sie. ›Hinweg mit diesem abscheulichen Nußknacker!‹
Sofort packte ihn ein Kammerdiener bei den schmalen Schultern und warf ihn zur Tür hinaus.
Der König war wütend, daß man allen Ernstes versucht hatte, ihm einen ordinären Nußknacker als Schwiegersohn unterzuschieben. In alter Manier schob er wieder alles auf den Uhrmacher und den Astronomen und verwies beide für alle Zeiten aus der Hauptstadt.

Das hatte nun nicht in dem Horoskop gestanden, das der Astronom in Nürnberg gestellt hatte! Doch unverzagt machte er sich sogleich daran, ein neues Horoskop zu stellen, und begann, die Sterne zu beobachten.

›Du wirst es nicht glauben, Uhrmacher‹, verkündete er wenig später, ›die Sterne sagen, daß der junge Droßelmeier trotz seines tragischen Mißgeschicks Prinz und König werden wird.‹

›Das glaube ich nicht‹, erwiderte der Uhrmacher. ›Sagen die Sterne denn nicht, wie er seine frühere Gestalt zurückerlangen kann?‹

›Doch.‹

›Wie? Raus mit der Sprache!‹

›Oh, oh, das ist hart!‹ murmelte der Astronom und drehte noch einmal an seinem Fernrohr.

›Red schon!‹ drängte Droßelmeier.

›Seine Verunstaltung kann nur rückgängig gemacht werden‹, sagte der Astronom langsam, ›wenn er den siebenköpfigen Sohn von Frau Mauserinks, den sie nach dem Tod ihrer sieben Söhne geboren hat, eigenhändig tötet.‹

›Oje!‹

›Und außerdem . . .‹

›Was? Ja, was denn noch?‹ unterbrach ihn Droßelmeier. ›Wir müssen doch wohl nicht noch eine von diesen dämlichen Nüssen suchen?‹

›Nein, nein‹, beruhigte ihn der Astronom, ›er muß nur ein Mädchen finden, das ihn trotz seiner häßlichen Gestalt von Herzen liebt!‹

Da setzte sich der Uhrmacher leichenblaß und kopfschüttelnd hin und verbarg sein Gesicht in den Händen – das Schicksal schien es nicht gut mit dem jungen Droßelmeier zu meinen. Wie sollte der kleine Nußknacker diese Bedingungen je erfüllen können?

Der Uhrmacher konnte seinerzeit noch nicht wissen, daß man den jungen Droßelmeier später in Nürnberg tatsächlich auf dem Weihnachtsmarkt in seines Vaters Bude gesehen hat – als Nußknacker zwar, aber als Nußknacker in der Gestalt eines Prinzen!

Das war, liebe Kinder, das Märchen von der harten Nuß. Nun wißt ihr, warum die Leute heute manchmal noch sagen: ›Das war eine harte Nuß!‹ und warum Nußknacker so häßlich sind.«

Damit beendete der Obergerichtsrat seine Erzählung, und Marie war der Meinung, daß die Prinzessin Pirlipat im Grunde ein herzloses, undankbares Geschöpf sei. Fritz indes war sicher, daß der Nußknakker, wenn er nur ein bißchen Mumm in den Knochen habe, mit dem Mausekönig kurzen Prozeß machen und seine alte, hübsche Gestalt schon bald wieder zurückhaben werde.

10. Kapitel

Onkel und Neffe

Jeder, der sich unglücklicherweise schon einmal eine Schnittwunde zugezogen hat, weiß, wie schmerzhaft eine solche Verletzung ist und wie langsam sie verheilt. Marie mußte fast eine Woche lang das Bett hüten, weil ihr jedesmal, wenn sie aufstand, ganz schwindlig wurde. Aber schließlich hatte sie doch alles gut überstanden, durfte aufstehen und tobte schon bald wieder gesund und munter durch das Zimmer.

Der Glasschrank war auch wiederhergestellt, und in den verschiedenen Fächern lag wie eh und je das Spielzeug der Kinder. Und wie glücklich war Marie, als sie unter Bäumen, Häuschen und Puppen ihren geliebten Nußknacker entdeckte. Er stand im zweiten Fach und lächelte sie mit völlig gesunden Zähnchen an.

Als sie ihren Liebling so betrachtete, kam ihr die Erzählung von Onkel Droßelmeier wieder in den Sinn, und auf einmal war sie sicher, daß ihr kleiner Nußknacker der junge Droßelmeier aus Nürnberg war.
»Natürlich!« rief sie. »Du bist der Neffe von Onkel Droßelmeier, und die böse Frau Mauserinks hat dich verzaubert!«
Schon während der Erzählung hatte Marie nicht daran gezweifelt, daß der geniale Uhrmacher am Hofe von Pirlipats Vater niemand anders gewesen war als der Obergerichtsrat Droßelmeier selbst.
»Aber warum bloß hat der Onkel dir gegen das siebenköpfige Mäusemonster nicht geholfen?« klagte sie. »Warum nicht?« Sie erinnerte sich deutlich an die Schlacht, die sie in jener Nacht mit eigenen Augen verfolgt hatte und in der es um Nußknackers Reich und Krone gegangen war. Für Marie stand nun fest, daß die Prophezeiung des Hofastronomen in Erfüllung gegangen und der junge Droßelmeier-König im Puppenreich geworden war.
Während ihr diese Gedanken durch den Kopf gingen, gelangte sie immer mehr zu der Überzeugung, daß der Nußknacker, die Spielzeugsoldaten und die Puppen in dem Moment wirklich lebendig würden, wenn man einfach nur fest genug daran glaubte.

Aber so überzeugt sie auch war, daß der Nußknacker sich jeden Augenblick bewegen und zu ihr sprechen würde, sosehr sie auch daran glaubte – im Schrank regte sich nichts. Alles blieb starr und stumm und regungslos. Für Marie war das aber längst kein Grund, ihre feste Überzeugung aufzugeben. Für sie war vielmehr klar, daß die stumme Reglosigkeit des Nußknackers die Folge des schäbigen Zaubers der Frau Mauserinks und ihres siebenköpfigen Sohnes war.

»Wenn Sie auch nicht in der Lage sind«, sagte sie laut zu dem Nußknacker, »sich zu bewegen oder mit mir zu sprechen, lieber Herr Droßelmeier, so weiß ich doch genau, daß sie mich hören und verstehen kön-

nen! Ich mag Sie sehr und bitte Sie, mich als Ihre Freundin zu betrachten. Sollten Sie meine Hilfe brauchen, so werde ich jederzeit für Sie dasein, und wenn ich selbst nichts für Sie tun kann, dann werde ich den Onkel bitten, daß er Ihnen hilft.«
Der Nußknacker regte sich nicht, aber Marie kam es so vor, als hörte sie ihn durch die Glasscheibe leise atmen und seufzen, wodurch die Scheibe in ein kaum hörbares Klirren versetzt wurde, und es war, als sänge ein dünnes Glockenstimmchen:

Maria, klein
Schutzenglein mein,
Dein werd' ich sein,
Maria mein.

Marie lief es eiskalt den Rücken hinunter, und so schaurig ihr auch zumute war, so empfand sie doch ein seltsames Wohlbehagen.
Nach Einbruch der Dunkelheit kam der Vater mit dem Onkel Droßelmeier zum Abendessen. Der Tisch wurde gedeckt, und bald saß die ganze Familie vergnügt beisammen, und man erzählte sich allerlei lustige Dinge. Marie saß in ihrem kleinen Lehnstuhl zu Füßen des Onkels und hörte interessiert zu.

Als gerade einmal alle schwiegen, sah Marie dem Obergerichtsrat mit ihren großen blauen Augen direkt ins Gesicht und sagte: »Ich weiß jetzt, Onkel Droßelmeier, daß mein Nußknacker dein Neffe aus Nürnberg ist! Er ist tatsächlich Prinz oder sogar schon König geworden, genau wie es dein Gefährte, der Astronom, vorausgesagt hat. Und du weißt ja auch, daß er sich mit dem Sohn von Frau Mauserinks, mit dem häßlichen Mausekönig, im Krieg befindet. Onkel Droßelmeier, warum hilfst du deinem Neffen nicht?«
Noch einmal erzählte Marie den gesamten Verlauf der Schlacht und schilderte genau, was sie alles gesehen hatte. Mutter und Vater konnten sich daraufhin vor Lachen kaum halten, während Fritz und Droßelmeier ganz ernst blieben.
»Wie kommt das Mädchen nur auf so ein verrücktes Zeug?« rief der Vater.
»Nun«, erwiderte die Mutter, »sie hat nun mal eine lebhafte Phantasie. Eigentlich sind es ja nur Träume, Fieberträume eben!«
»Ich kann das nicht glauben!« rief Fritz aufgebracht. »Meine roten Husaren sollen solche Feiglinge sein? Sakrament! Wenn ich das einmal mit eigenen Augen sehen würde, so würden sie ihr blaues Wunder erleben!«

Geheimnisvoll lächelnd nahm der Onkel die kleine Marie auf den Schoß und sprach mit ganz zärtlicher Stimme: »Liebe Marie, du bist uns allen über! Du bist, wie Pirlipat, eine geborene Prinzessin, denn du regierst im wunderbaren Reich der Unschuld und des Glaubens. Wenn du dich wirklich um den armen, mißgestalteten Nußknacker kümmern willst, so wirst du es nicht leicht haben, weil ihn der Mausekönig auf allen Wegen und Stegen verfolgt. Indes – du allein kannst ihn retten, sei standhaft und treu, dann wirst du es schaffen!«

Weder Marie noch sonst jemand am Tisch wußte, was Droßelmeier mit diesen Worten meinte. Der Vater fühlte ihm den Puls und sagte: »Du bist doch hoffentlich nicht krank? Hast du vielleicht Kopfweh?« Und die Mutter sagte kopfschüttelnd: »Ich kann mir schon in etwa vorstellen, was der Onkel meint, aber in Worte fassen kann ich es auch nicht.«

11. Kapitel

Der Sieg

Mitten in der mondhellen Nacht wurde Marie durch ein seltsames Poltern geweckt. Das Geräusch schien aus einer Ecke des Zimmers zu kommen und klang so, als würden kleine Steine hin und her geworfen und gerollt, dazwischen pfiff und quiekte es unablässig.

»Die Mäuse!« rief Marie erschrocken und saß sofort aufrecht in ihrem Bett. »Die Mäuse kommen wieder!« Sie wollte aufspringen und die Mutter wecken, doch plötzlich war sie wie gelähmt und brachte keinen Laut mehr hervor; denn sie sah, wie der Mausekönig durch ein Loch in der Mauer kroch.

Mit funkelnden Augen und seinen sieben Kronen flitzte er durch das Zimmer und sprang mit einem gewaltigen Satz auf den kleinen Tisch, der dicht neben Maries Bett stand.

»Hihihi!« pfiff der Mausekönig und knirschte gefährlich mit den scharfen Zähnen. »Gib mir deine Bonbons und dein Marzipan, kleines Ding, sonst nage ich deinen Nußknacker an! Jawohl, deinen Nußknakker!« Und schon sprang er wieder fort und verschwand blitzschnell in dem Mauerloch.

Die grauenvolle Erscheinung hatte Marie so mitgenommen und verängstigt, daß sie am anderen Morgen noch ganz blaß aussah. Sie war so aufgeregt, daß sie keinen zusammenhängenden Satz herausbrachte. Immerzu spukte der Mausekönig durch ihren Kopf. Sie war drauf und dran, der Mutter von dem nächtlichen Besuch zu erzählen oder wenigstens ihrem Bruder, doch dann dachte sie: »Sie werden mich ja doch nur für verrückt erklären und obendrein noch auslachen!« Natürlich war ihr klar, daß sie, um den Nußknacker zu retten, dem Mausekönig ihre Bonbons und das Marzipan geben mußte. Soviel sie davon besaß, legte sie also am Abend vor dem Zubettgehen vor den Schrank.

Am nächsten Morgen sagte die Mutter irritiert: »Ich möchte wissen, woher auf einmal die Mäuse kommen! Sogar im Wohnzimmer sind welche gewesen! Sieh nur, Marie, sie haben alle deine Süßigkeiten angeknabbert!«

Und in der Tat! Der gefräßige Mausekönig hatte alles

aufgefressen, nur von dem Marzipan, das ihm wohl nicht so gut geschmeckt hatte, war noch etwas übrig, doch das Stück war rundherum angefressen, so daß es nur noch weggeworfen werden konnte.

Marie machte das nichts aus. Die Süßigkeiten waren ihr egal – Hauptsache, dem Nußknacker war nichts passiert!

Doch wie war ihr zumute, als es in der folgenden Nacht dicht neben ihrem Ohr erneut pfiff und quiekte – der Mausekönig war schon wieder da! Seine Augen funkelten noch abscheulicher als in der vorletzten Nacht, und er pfiff noch gräßlicher zwischen den Zähnen.

»Gib mir auch noch deine Lebkuchenfigürchen, kleines Ding, sonst nage ich deinen Nußknacker an! Jawohl, deinen Nußknacker!« zischte er und war auch schon wieder verschwunden.

Marie war sehr niedergeschlagen und traurig, als sie am anderen Morgen an den Schrank ging, um ihre Lebkuchenfiguren zu betrachten. Sie hatte allerdings auch allen Grund zur Traurigkeit, denn ihre Lebkuchenfigürchen waren in der Tat etwas ganz Besonderes. Es waren ein Schäfer und eine Schäferin darunter, natürlich viele niedliche Schafe und ein ganz süßer Schäferhund. Auch ein Briefträger war dabei und vier wunderschöne junge Liebespaare, die sich an den Händen hielten und einander verliebt anblickten. In der hintersten Ecke aber stand Maries Liebling, ein einsames Lebkuchenkind mit roten Pausbacken. Nun sah es sie klagend an, und der kleinen Marie schossen die Tränen in die Augen.

»Ach«, rief sie und blickte flehend den Nußknacker an, »lieber Herr Droßelmeier, ich tue ja alles, um Sie zu retten, aber glauben Sie mir, es fällt mir nicht immer leicht!«

Der Nußknacker sah in diesem Augenblick aber selbst so traurig und hilflos aus, als würden ihn auf der Stelle die sieben Rachen des Mausekönigs verschlingen, so daß Marie endgültig beschloß, für seine Rettung alles zu opfern.

Am Abend stellte sie dann auch ausnahmslos alle ihre Lebkuchenfiguren vor den Schrank. Sie küßte den Schäfer, die Schäferin, die Schafe, den Hund, die Pärchen und zuletzt auch das rotbäckige Kind, das sie allerdings weniger gut sichtbar etwas abseits von den anderen aufstellte.

»Nein, das gibt es doch gar nicht!« rief die Mutter am anderen Morgen. »Ich glaube, in unserem Glasschrank ist eine Maus! Alle Lebkuchenfigürchen sind zernagt und zerbissen! Die arme Marie!«

Marie konnte die Tränen zwar nicht unterdrücken, sie lächelte aber schon bald wieder bei dem Gedanken, daß der Nußknacker immerhin gerettet war.
Als die Mutter am Abend dem Onkel beiläufig von der Maus im Glasschrank erzählte, sagte der Vater aufgebracht: »Ja, ist es denn möglich, daß in unserem Schrank eine so dreiste Maus ihr Unwesen treibt? Es muß doch ein Mittel geben, sie zu erwischen! Sie frißt der armen Marie noch alle Bonbons weg!«
»He«, rief Fritz, »der Bäcker von gegenüber hat doch einen kräftigen Kater! Wir fragen ihn, ob er uns den mal leiht, dann ist der Spuk schnell vorbei! Er wird der Maus den Kopf abbeißen, ob es nun Frau Mauserinks ist oder ihr Sohn, der Mausekönig.«
»Und«, fuhr der Vater lachend fort, »bei der Jagd dann über Tische und Stühle springen, Gläser und Tassen zerdeppern und tausend andere Sachen anstellen!«
»Ach, was«, erwiderte Fritz, »Katzen werfen nichts um und machen auch nichts kaputt. Ich wünschte, ich könnte so sicher und geschickt über das steile Dach spazieren wie Bäckers Kater!«
»Eigentlich hast du recht, Fritz«, sagte der Vater, »aber eine ordentliche Mausefalle dürfte es wohl auch tun. Haben wir denn keine?«

»Onkel Droßelmeier kann uns ja eine bauen, schließlich hat er sie erfunden!« rief Fritz.

Alle lachten, und auf die Versicherung der Mutter, daß ein solches Gerät nicht im Hause sei, erklärte der Obergerichtsrat, er habe sogar mehrere davon.

»Hier ist der Hausschlüssel, Junge«, sagte er zu Fritz, »lauf schnell und laß dir von meiner Haushälterin eine geben. Sie sind alle im Keller!«

Kurze Zeit später war Fritz mit einer ordentlichen Mausefalle wieder zurück. In der Küche röstete die Mutter Speck, und der Duft erinnerte Marie sofort wieder an Frau Mauserinks und ihre Familie unter dem königlichen Herd.

Als der Obergerichtsrat den Speck an dem dünnen Faden im Inneren der Falle befestigte und sie vorsichtig in den Glasschrank setzte, rief Fritz: »Nun kann der Mausekönig kommen! Wollen wir hoffen, daß er uns nicht wieder hereinlegt!«

Für Marie sollte wenig später eine schreckliche Nacht beginnen. Sie lag gerade im Bett und hatte eben die Augen geschlossen, als auf ihrem nackten Arm etwas eiskalt hin und her lief. Dann legte es sich ekelhaft rauh an ihre warme Wange und piepte und quiekte ihr ins Ohr. Es gab keinen Zweifel mehr – der abscheuliche Mausekönig saß auf ihrer Schulter!

Blutrot geiferte er aus allen sieben weit aufgerissenen Rachen. Seine Zähne klapperten und knirschten, als er der vor Schreck und Grauen erstarrten Marie ins Ohr zischte:

Zisch aus,
zisch aus!
Geh nicht ins Haus,
geh nicht zum Schmaus,
werd nicht gefangen!
Zisch aus,
gib heraus,
gib heraus
deine Bilderbücher – alle!
Dein Kleidchen dazu,
sonst hast du keine Ruh!
Geh nicht in die Falle!
Magst es nur wissen,
es wird sonst zerbissen
dein Nußknackerlein,
du wirst ihn vermissen!
Hihi, pipi,
quiek, quiek!

Marie war entsetzt. Sie fühlte sich elend und konnte

lange keinen Schlaf finden, so daß sie am Morgen erneut ganz blaß und verstört aussah, als die Mutter sie mit den Worten weckte: »Die Maus ist noch nicht in die Falle gegangen!«

Die Mutter führte Maries schlechtes Aussehen darauf zurück, daß sie ihren Lebkuchenfigürchen nachtrauere und sich vor der Maus fürchte, deshalb fügte sie schnell hinzu: »Keine Angst, Kleines, wir werden die böse Maus schon kriegen. Wenn die Falle nicht hilft, holt Fritz halt den Kater vom Bäcker!«

Kaum war Marie allein, da lief sie ins Wohnzimmer, trat vor den Glasschrank und sprach schluchzend zum Nußknacker: »Ach, mein lieber, guter Herr Droßelmeier, was soll ich armes, unglückliches Mädchen nur tun? Wenn ich dem Mausekönig jetzt auch alle Bilderbücher und all meine Kleider gebe und selbst das wunderschöne neue, das ich zu Weihnachten bekommen habe, so wird er doch wieder alles nur zerreißen und danach immer mehr verlangen, immer mehr, bis ich zum Schluß nichts mehr habe, dann wird er wahrscheinlich statt Ihrer mich selbst fressen wollen! Oh, ich armes Kind, was soll ich denn nur machen? Was nur?«

Als die kleine Marie so jammerte und klagte, fiel ihr auf, daß der Nußknacker wohl aus jener Nacht noch einen Blutfleck am Hals zurückbehalten hatte. Seitdem sie wußte, daß der Nußknacker in Wirklichkeit der junge Droßelmeier, der Neffe des Obergerichtsrats, war, trug sie ihn nicht mehr auf dem Arm und knuddelte und küßte ihn auch nicht mehr.

Sie scheute aus irgendeinem Grund sogar davor zurück, ihn auch nur zu berühren. Jetzt aber nahm sie ihn ganz vorsichtig aus dem Fach und fing an, den Blutfleck an seinem Hals mit ihrem Taschentuch abzureiben.

Doch was war das? Sie fühlte plötzlich, wie sich der

kleine Nußknacker in ihrer Hand erwärmte und sich zu regen begann. Schnell stellte sie ihn wieder zurück ins Fach, aber da bewegte sich der schmale Mund, und mühsam flüsterte Nußknackerchen: »Ach, wertestes Fräulein Stahlbaum, meine liebste Freundin, was verdanke ich Ihnen schon alles! Nein, kein Bilderbuch und kein Kleidchen sollen Sie jetzt noch für mich opfern! Wollen Sie mir bitte nur ein Schwert besorgen, nur ein Schwert. Alles andere können Sie dann getrost mir überlassen, mag er . . .« Da verstummte der Nußknacker plötzlich, und seine Augen, die gerade noch so sehnsüchtig geblickt hatten, wurden wieder starr und leblos.

Marie hatte überhaupt keine Angst, im Gegenteil – sie sprang vor Freude in die Luft!

Endlich wußte sie, wie sie den Nußknacker, ohne weitere schmerzliche Opfer bringen zu müssen, retten konnte. Aber woher sollte sie ein Schwert nehmen?

Sie beschloß, Fritz einzuweihen, und so erzählte sie ihm abends, als sie ganz allein im Wohnzimmer saßen, da die Eltern ausgegangen waren, alles, was sie bisher mit dem Nußknacker und dem Mausekönig erlebt hatte.

»Und nun braucht er unbedingt ein Schwert!« schloß

sie ihre Erzählung und blickte ihren Bruder erwartungsvoll an.
Fritz jedoch kam nicht darüber hinweg, daß seine Husaren sich in der Schlacht tatsächlich so schändlich und feige benommen hatten. Er fragte immer wieder nach, ob Marie sich nicht irre, und erst nachdem sie ihm ihr Wort gegeben hatte, glaubte Fritz ihr.
Schnell ging er zum Schrank und hielt seinen Husaren eine gepfefferte Rede, bevor er einem nach dem anderen das Rangabzeichen von der Mütze schnitt. »Das ist die Strafe für eure Eitelkeit und Feigheit!« rief er wütend. Dann wandte er sich wieder Marie zu und sagte ruhig: »Was den Säbel angeht, so kann ich dem Nußknacker helfen. Gerade gestern habe ich einen Oberst der Reiterei in den Ruhestand versetzt, der braucht also sein scharfes Schwert jetzt nicht mehr, und der Nußknacker kann es gern haben.«
Besagter Oberst verzehrte seine Pension in der hintersten Ecke des dritten Faches, aus der Fritz ihn flugs hervorholte. Er nahm ihm den wirklich sehr ansehnlichen silbernen Säbel ab und hängte ihn dem Nußknacker um.
Vor lauter Angst konnte Marie in der folgenden

Nacht nicht einschlafen. Gegen Mitternacht hörte sie im Wohnzimmer ein seltsames Rumoren, Klirren und Rauschen, und auf einmal vernahm sie ein ganz lautes, unverkennbares Quieken.

»Der Mausekönig! Der Mausekönig!« rief sie und sprang voll Entsetzen aus dem Bett. Alles war ruhig.

Aber plötzlich klopfte es leise an die Tür, und ein zartes Stimmchen war zu hören: »Allerliebstes Fräulein Stahlbaum, Sie können beruhigt öffnen, ich habe eine gute Nachricht!«

Marie erkannte sofort die Stimme des jungen Droßelmeier, zog ihre Jacke über und öffnete schnell die Tür. Draußen stand der Nußknacker, das blutige Schwert in der rechten, eine Laterne in der linken Hand. Sobald er Marie erblickte, ließ er sich auf ein Knie nieder und sagte feierlich: »Ihr allein, holde Dame, habt meinen Rittermut geweckt und meinen Armen die Kraft verliehen, dieses Scheusal, das es gewagt hat, Euch zu verhöhnen, zur Strecke zu bringen. Besiegt liegt der abscheuliche Mausekönig in seinem Blut! So nehmt denn, holde Dame, die Zeichen des Sieges aus der Hand Eures Euch bis in den Tod ergebenen Ritters entgegen!«

Und mit diesen Worten streifte Nußknacker ge-

schickt die sieben goldenen Kronen des Mausekönigs von seinem linken Arm herunter und überreichte sie Marie. Voller Freude nahm diese die kleinen Krönchen an.

Nußknacker erhob sich und fuhr in seiner Rede fort: »Ach, allerliebstes Fräulein Stahlbaum, was könnte ich Ihnen nun, da ich meinen Feind besiegt habe, für herrliche Dinge zeigen, wenn Sie nur die Freundlichkeit hätten, mir ein paar Schrittchen zu folgen! Oh, tun Sie es, tun Sie es, liebstes Fräulein!«

12. Kapitel

Das Puppenreich

Welches Kind hätte auch nur einen Moment gezögert, dieser freundlichen Einladung zu folgen? Der Nußknacker war ein ehrlicher und gutmütiger Kerl, auf den Marie sich verlassen konnte, so daß sie bereitwillig mit ihm ging und gespannt war, was er ihr Herrliches zeigen würde.

»Es ist doch hoffentlich nicht so weit, Herr Droßelmeier?« fragte sie. »Ich bin ein wenig müde, und wenn es allzu lange dauert, bin ich morgen nicht ausgeschlafen!«

»Dann nehmen wir eine Abkürzung«, erwiderte der Nußknacker. Er schritt voran, und Marie folgte ihm, bis er schließlich im Hausflur vor dem riesigen alten Kleiderschrank stehenblieb.

Erstaunt stellte Marie fest, daß die Schranktüren, die sonst immer gut verschlossen waren, offenstanden.

Deutlich sah sie Vaters dicken Wintermantel, der ganz vorne hing. Nußknacker kletterte geschickt in den Schrank, packte ein Ende des Gürtels, der an dem Mantel herunterbaumelte, und zog daran mit aller Kraft. Sofort glitt eine zierliche Treppe aus Zedernholz durch den Ärmel des Wintermantels.

»Steigen Sie bitte nach oben, liebstes Fräulein«, rief der Nußknacker. »Es ist ganz leicht, Sie müssen sich nur gut festhalten und dürfen nicht nach unten sehen!«

Aber Marie war trittsicher und flink schon längst durch den Ärmel nach oben gestiegen, und kaum sah sie zum Kragen hinaus, da strahlte ihr ein blendendhelles Licht entgegen, und sie fand sich auf einer herrlich duftenden, weiten Wiese wieder, von der Millionen Funken wie blinkende Edelsteine emporstrahlten.

»Wir sind auf der Kandiswiese«, erklärte der Nußknacker, »und gehen nun durch das Tor dort!« Jetzt erst erblickte Marie das prächtige Tor, das nur wenige Schritte von ihnen entfernt auf der Wiese stand. Es schien aus rosinenfarbenem Marmor zu bestehen und hatte weiße und braune Einsprengsel. Als Marie näher kam, stellte sie jedoch fest, daß es ganz aus Zukkermandeln und Rosinen bestand, weshalb es auch,

wie der Nußknacker ihr erzählte, als sie es durchquerten, das Mandel- und Rosinentor hieß.
»Von manchen Leuten wird es auch schlicht die Studentenfutterpforte genannt«, fügte der Nußknacker hinzu.
Hoch oben auf dem Torbogen saßen sechs in rote Jäckchen gekleidete Äffchen und machten mit Flöten und Trommeln die schönste Musik, die Marie jemals gehört hatte, so daß sie gar nicht merkte, daß sie sich mittlerweile auf einer Straße befanden, die ganz mit Schokoladentäfelchen gepflastert war. Sie näherten sich einem kleinen Wald, aus dem ein lieblicher Orangenduft zu ihnen herüberwehte. Im dunklen Laub der Bäume glänzte und funkelte es so hell, daß man deutlich sehen konnte, wie goldene und silberne Früchte an bunten Stengeln hingen. Alle Baumstämme und Äste waren mit farbigen Bändern und Blumensträußen geschmückt und glichen in ihrer Pracht fröhlichen Brautleuten und lustigen Hochzeitsgästen.
»Ach, wie schön es hier ist!« rief Marie ganz selig und entzückt.
»Wir sind im Weihnachtswald, bestes Fräulein«, sagte Nußknackerchen.
»Können wir hier nicht ein bißchen bleiben«, fragte Marie, »der ist ja wirklich zu schön!«

Nußknacker klatschte in die Hände, und sogleich kamen kleine Schäfer und Schäferinnen, Jäger und Jägerinnen herbei, die so zart und weiß waren, daß man glauben konnte, sie wären ganz aus Zucker. Sie brachten einen allerliebsten goldenen Sessel herbei, legten ein Lakritzkissen hinein und forderten Marie höflich auf, Platz zu nehmen. Sie saß kaum, als die Schäferinnen und Schäfer nur für sie ein wunderschönes Ballett tanzten, zu dem die Jäger die Musik machten.

Als das Ballett beendet und die Tänzer wieder verschwunden waren, sagte der Nußknacker: »Sie müssen schon entschuldigen, wertestes Fräulein Stahlbaum, daß der Tanz so miserabel ausfiel, aber die Leute sind alle aus unserem mechanischen Drahtballett, die können immer nur dasselbe machen.«

»Aber ich bitte Sie!« rief Marie. »Es hat mir sehr gut gefallen, sie waren wunderbar!«

»Vielen Dank«, erwiderte Nußknacker geschmeichelt, »sollen wir nun weitergehen?«

»Ja, gehen wir weiter!« rief Marie fröhlich und sprang aus ihrem Sessel. »Bestimmt gibt es hier noch viele wunderliche Dinge zu sehen!«

Sie gingen nun an einem rauschenden Bach entlang, aus dem die herrlichsten Wohlgerüche zu ihnen em-

porstiegen. Der süße Duft erinnerte Marie sofort wieder an den Weihnachtswald.

»Das ist der Orangenbach«, erklärte Nußknacker, als Marie ihn fragend ansah, »er ist an Größe und Schönheit natürlich nicht zu vergleichen mit dem Limonadenstrom, aber sein Duft scheint mir etwas intensiver zu sein. Beide münden übrigens in den großen Mandelmilchsee.«

Wenig später vernahm Marie ein stärkeres Plätschern und Rauschen, und dann erblickte sie den breiten Limonadenstrom, der sich in goldgelb kräuselnden Wellen durch die saftiggrüne Landschaft schlängelte. Eine angenehm frische Brise wehte von dem sprudelnden Wasser zu ihnen heran und erfrischte und stärkte die Wanderer.

Nicht weit vom Limonadenstrom entfernt, stießen sie erneut auf ein Bächlein, das träge dahinfloß, dottergelbes, cremiges Wasser führte und ungemein süße Düfte verbreitete. An seinen Ufern saßen viele hübsche Kinder, die kleine Fische angelten, die sie sogleich nach dem Fang verzehrten.

Als sie näher kamen, bemerkte Marie, daß die Kinder gar keine Fische, sondern Haselnüsse angelten, die träge in der dickflüssigen Karamelcreme schwammen.

Sie folgten dem Bach eine ganze Weile und kamen schließlich in ein sehr putziges Dorf, dessen Häuser aus Pfefferkuchen gebaut waren. Die Dächer und Fassaden waren bunt geschmückt mit Zitronat, Mandeln und Puderzucker.

»Das ist Pfefferkuchenheim«, sagte Nußknacker, »die Pfefferkuchenheimer sind eigentlich ganz nette Leute, aber sie sind meistens ein bißchen schlecht gelaunt, weil sie ständig Zahnschmerzen haben, wir wollen lieber nicht in das Dorf hineingehen.«

Wenig später kamen sie durch ein Städtchen, das lauter bunte, durchsichtige Häuser hatte. Auf dem Marktplatz wurden gerade hochbepackte Lastwagen abgeladen.

»Lauter Schokoladentafeln!« staunte Marie.

»Und Bonbons«, ergänzte Nußknacker, der ihr erklärte, daß sie hier in Bonbonshausen waren.

»Aber, bestes Fräulein Stahlbaum«, fuhr er fort, »wir haben leider nicht die Zeit, uns alle kleinen Städte und Dörfer anzusehen. Lassen Sie uns abschließend aber wenigstens noch die Hauptstadt besichtigen!«

»Au ja!« rief Marie. »Die Hauptstadt!«

»Auf zur Hauptstadt!«

Rasch eilte Nußknacker vorwärts, und Marie sprang ihm voller Neugierde nach.

Bald umfing sie ein betörender Rosenduft, der von einem großen, rosenrot glänzenden See ausging, an dessen Ufer sie soeben angelangt waren.
»Wir sind am Rosensee«, sagte Nußknacker.
Auf dem Wasser schwammen herrliche silberweiße Schwäne mit goldenen Halsbändern.
»Ach«, rief Marie begeistert, »das ist ja der See, den mir Onkel Droßelmeier einmal machen wollte!«
Da lächelte Nußknackerchen so spöttisch, wie Marie es noch nie bei ihm gesehen hatte, und sprach: »So etwas kann der Onkel beim besten Willen nicht zustande bringen! Ihnen, liebes Fräulein Stahl-

baum, Ihnen würde ich das schon eher zutrauen! Doch nun wollen wir rasch zur Hauptstadt übersetzen!«

13. Kapitel

Die Hauptstadt

Nußknacker klatschte in die Hände, und sofort begann der Rosensee stärker zu rauschen. Die Wellen schlugen höher, und Marie sah, wie sich aus der Ferne ein mit bunten, sonnenhell funkelnden Edelsteinen besetzter Muschelwagen näherte. Der Wagen wurde gezogen von zwei goldschuppigen Delphinen und hatte schnell das Ufer erreicht.

Zwölf kleine Mohren sprangen an Land und trugen zuerst Marie und dann den Nußknacker auf Händen in den Wagen, der sogleich wieder ablegte.

Marie genoß die Überfahrt. Von Rosenduft umweht, schossen sie durch die Rosenwellen. Die beiden Delphine hoben von Zeit zu Zeit ihre Nüstern aus dem Wasser und spritzten kristallklare Fontänen in die Luft, die in flimmernden und funkelnden Bögen auf das Wasser zurückfielen. Dabei war es jedesmal, als sängen zwei klare, helle Silberstimmchen:

Wer schwimmt da auf dem Rosensee?
Die Fee! Die Fee! Die Fee!
Mücklein, bimbim,
Fischlein, simsim,
Schwäne, schwaschwa,
Vöglein, trara!
Wellenströme, rührt euch!
Klinget, singet, wehet, spähet,
Feelein, Feelein, kommt gezogen!

Die zwölf kleinen Mohren, die hinten auf den Muschelwagen aufgesprungen waren, waren vom Gesang der Wasserstrahlen offensichtlich nicht so begeistert, denn sie versuchten vergeblich, sich mit ihren bunten Sonnenschirmen gegen das herabregnende Rosenwasser zu schützen. Sie stampften dabei mit den Füßen in einem ganz seltsamen Rhythmus und sangen:

Klapp und klipp und klipp und klapp,
auf und ab! Auf und ab!
Mohrenreigen darf nicht schweigen,

rührt euch, Fische!
Rührt euch, Schwäne!
Muschelwagen, dröhne! Dröhne!
Klapp und klipp und klipp und klapp
und auf und ab!

»Die Mohren sind ja ganz lustig«, sagte Nußknacker etwas verlegen, »aber sie machen mir den ganzen See verrückt.«
In der Tat erhob sich auch schon bald ein verwirrendes Getöse der wundersamsten Stimmen, die aus dem See und aus der Luft zu kommen schienen. Doch Marie achtete überhaupt nicht auf den vielstimmigen Gesang. Sie blickte fasziniert in die Rosenwellen, denn aus jeder Welle lächelte ihr ein anmutiges Mädchengesicht entgegen.
»Schauen Sie nur, Herr Droßelmeier!« rief sie und klatschte begeistert in die Hände. »Da unten ist Prinzessin Pirlipat und lächelt mir zu! Schauen Sie nur!«
Nußknacker seufzte aber nur etwas gequält und sagte: »Geschätztes Fräulein Stahlbaum, das ist nicht die Prinzessin Pirlipat! Sie sind das, immer nur Sie selbst! Sie spiegeln sich ganz einfach nur in jeder Welle.«
Da zog Marie schnell den Kopf zurück, schloß die Augen ganz fest und schämte sich sehr. Im selben

Augenblick wurde sie aber schon von den zwölf Mohren aus dem Wagen gehoben und an Land getragen.
Sie fand sich in einem kleinen Wald wieder, der sehr dem Weihnachtswald glich. Auch hier glänzte und funkelte es, und an den Bäumen hingen die seltsamsten Früchte, die süß und verführerisch dufteten.
»Wir sind im Konfitürenhain«, erklärte Nußknacker, »und dahinten ist die Hauptstadt!«
Was erblickte Marie nun? Die Schönheit und Herr-

lichkeit der Stadt, die da vor ihnen auf einer blühenden Wiese stand, ist schier unbeschreiblich. Die Mauern und Türme erstrahlten in den schönsten Farben. Statt der Dächer hatten die Häuser kunstvoll gestaltete Kronen, und die Türme waren mit buntem Laub bekränzt – auf der ganzen Welt wird man wohl dergleichen nicht mehr finden.

Als sie durch das Stadttor gingen, das so aussah, als sei es ganz aus Makronen und kandierten Früchten erbaut worden, salutierten silberne Soldaten und präsentierten das Gewehr. Ein Männlein in einem brokatenen Schlafanzug fiel dem Nußknacker um den Hals und jubelte: »Willkommen, bester Prinz, willkommen in Konfektburg!«

Marie wunderte sich nicht wenig darüber, daß der junge Droßelmeier von einem so vornehmen Herrn mit *Prinz* angeredet wurde. Sie wollte ihn gerade darauf ansprechen, als plötzlich ein lautes Gelächter und Gejohle einsetzte und tausend helle Stimmen durcheinanderriefen, -sangen und -lachten.

»Hören Sie nur, Fräulein Stahlbaum«, sagte Nußknacker, »in Konfektburg leben nur fröhliche Leute. Es ist die lustigste Stadt, die ich kenne. Jeden Tag geht es hier so hoch her, immer gibt es etwas zu feiern!«

Sie gingen weiter und kamen bald auf den großen

Marktplatz, der einen prächtigen Anblick bot. Alle Häuser ringsum bestanden aus feinstem Zuckerguß, die zahlreichen Balkone, Galerien und Fenster waren mit durchbrochenen Zuckerarbeiten reichlich verziert, und in der Mitte des Platzes stand ein hoher, überzuckerter Obelisk aus Lebkuchen. Aus etlichen Springbrunnen sprudelten in hohen Fontänen Limonade, Mandelmilch und andere Köstlichkeiten.

Aber hübscher als alles andere waren die fröhlichen kleinen Leutchen, die sich zu Tausenden Kopf an Kopf durcheinanderdrängten und jubelten und lachten und scherzten und sangen und jenes lustige Getöse verursachten, das Marie schon von weitem gehört hatte.

Da gab es schön gekleidete Damen und Herren, Armenier und Griechen, Juden und Tiroler, Offiziere und Soldaten, Prediger, Schäfer, Hanswürste, kurz, alle möglichen Leute, die es auf dieser Welt gibt.

Der Lärm wurde toller und toller, die Massen drängten durch die Gassen, es wurde gerempelt und gestoßen, und in dem Gedränge hatte soeben ein Fischer einem Brahmanen versehentlich den Kopf abgebrochen, und die Sänfte eines Großmoguls, die von siebenhundert Sklaven durch das Getümmel gezwängt wurde, wäre um ein Haar von einem Hanswurst umgerannt worden. Hier und da fing man bereits an, sich zu prügeln, als der Mann im brokatenen Schlafanzug, der am Tor den Nußknacker als Prinz begrüßt hatte, auf die Lebkuchensäule kletterte und, nachdem er dreimal mit einer Glocke geläutet hatte, nun dreimal laut ausrief: »Konditor! Konditor! Konditor!«

Sofort legte sich der Tumult, und alle wurden friedlich. Dem Brahmanen wurde der Kopf wieder aufgesetzt, der Mogul wurde abgebürstet, und alle waren wieder lustig und zufrieden.

»Was bedeutet das mit dem Konditor, Herr Droßelmeier?« fragte Marie.

»Na ja, liebes Fräulein Stahlbaum«, erwiderte Nußknacker, »Konditor wird hier eine unbekannte, graue Macht genannt, von der man glaubt, sie könne aus den Menschen machen, was sie wolle. Diese Macht ist das Verhängnis, das über dieses kleine lustige Volk regiert. Sie haben so große Angst davor, daß allein schon die Ausrufung des Namens genügt, um den größten Tumult zu beenden. Der Bürgermeister hat es gerade bewiesen. Ein jeder denkt dann an nichts Irdisches mehr, weder an Rippenstöße noch an Kopfbeulen. Vielmehr geht jeder in sich und denkt: ›Was ist der Mensch? Was wird aus ihm?‹

Die beiden waren inzwischen weitergegangen, und Marie konnte sich einen Ruf des Erstaunens nicht verkneifen, als sie nun vor dem Schloß anlangten, das mit seinen hundert luftigen Türmen hell erleuchtet vor ihnen stand. Die große Kuppel des Mittelgebäudes und die pyramidenförmigen Turmdächer waren mit tausend golden und silbern funkelnden Sternen übersät.

»Nun sind wir vor dem Marzipanschloß«, sprach Nußknacker. Marie starrte mit großen Augen auf diesen Zauberpalast und bemerkte, daß ein Teil des Daches fehlte. Kleine Männlein auf Gerüsten aus Zimtstangen waren mit der Reparatur beschäftigt. Dem Nußknacker war ihr fragender Blick nicht entgangen, und er sagte: »Das war der Riese Leckermaul. Als er neulich hier vorbeikam, hat er aus purer Bosheit an allen Türmen genascht und dabei sämtliche Dächer abgebissen. Die Leute können froh sein, daß er in seiner Gier nicht das ganze Schloß verschlungen hat!«

In diesem Augenblick erklang eine sehr angenehme, leise Musik. Die Tore des Schlosses öffneten sich, und es traten zwölf kleine Pagen heraus. Wie Fackeln trugen sie brennende Gewürznelken in den kleinen Händen. Ihre Köpfe waren kostbare Perlen, und ihre

Körper bestanden aus lauter Smaragden und Rubinen. Es folgten ihnen vier Damen, die fast so groß waren wie Maries Puppen und so wunderbar gekleidet waren, daß es nur Prinzessinnen sein konnten. Sie umarmten den Nußknacker voller Zärtlichkeit und riefen dabei freudig und wehmütig zugleich: »Oh, mein Prinz! Mein bester Prinz! Mein Bruder!«

Nußknacker war ganz gerührt, wischte sich verstohlen die Tränen aus den Augen, ergriff schließlich Maries Hand und sagte feierlich: »Das ist Fräulein Stahlbaum, die Tochter eines sehr geschätzten Medizinalrats, sie hat mir das Leben gerettet! Hätte sie nicht im letzten Augenblick den Pantoffel geworfen und mir nicht den Säbel besorgt, so läge ich, zerrissen von dem verfluchten Mausekönig, längst im Grabe. Nun sagt, Schwestern, gleicht die Prinzessin Pirlipat an Schönheit, Güte und Verantwortungsbewußtsein auch nur annähernd diesem Fräulein Stahlbaum hier?«

»Nein!« riefen alle Damen wie aus einem Munde und fielen Marie schluchzend um den Hals. »Oh, Sie edle Retterin des geliebten Bruders, unseres verehrten Prinzen! Oh, tapferes Fräulein Stahlbaum!«

Dann führten die Damen Marie und den Nußknacker in das Schloß. Sie kamen in einen Saal, dessen Wände mit funkelnden Kristallen überzogen waren. Die Prinzessinnen baten Marie und den Nußknacker, auf einem der zierlichen Sofas aus Zedernholz Platz zu nehmen, und holten die verschiedensten Töpfchen und Schüsselchen aus feinstem Porzellan, Löffel, Messer und Gabeln und anderes Küchengerät aus Gold und Silber herbei.

Dann brachten sie köstliche Früchte und bunte Süßigkeiten, wie Marie sie noch nie gesehen hatte, und fingen an, mit ihren kleinen schneeweißen Händen die Früchte auszupressen. In einem großen Mörser zerstießen sie wohlriechende Gewürze, es wurden Zuckermandeln gerieben, kurz, sie bereiteten alles eigenhändig für ein köstliches Essen vor, und Marie bewunderte die Kochkünste der geschickten Prinzessinnen. Gern hätte sie ihnen bei den Vorbereitungen geholfen, indes traute sie sich nicht, sie darum zu bitten.

Die schönste der Schwestern aber schien Maries geheimen Wunsch erraten zu haben und reichte ihr einen kleinen goldenen Mörser mit den Worten: »Liebe Freundin und Retterin meines Bruders, sei so gut und zerstoße ein wenig von dem Kandiszukker!«

Während Marie nun voller Eifer den Zucker bearbei-

tete, begann der Nußknacker weit ausholend in allen Einzelheiten zu erzählen, wie es bei der grauenvollen Schlacht mit dem Mausekönig zugegangen war, wie feige ihn die Husaren im Stich gelassen hatten und wie der abscheuliche Mausekönig ihm gerade die Kehle durchbeißen wollte, als Marie im letzten Moment mit dem Pantoffel dazwischenging.

Marie war es bei Nußknackers Erzählung allmählich, als würde er sich immer weiter entfernen. Seine Worte wurden immer leiser und unverständlicher, sie konnte den Mörser in ihrer Hand nicht mehr erkennen, und dünne Nebelwolken zogen durch das Zimmer. Die Pagen, der Nußknacker, die Prinzessinnen – alles verschwamm vor ihren Augen und löste sich auf im Nebel, und aus weiter Ferne ertönte ein seltsames Singen und Summen. Marie hatte auf einmal das Gefühl, von wohlig warmen Wellen sanft geschaukelt und davongetragen zu werden, immer höher und höher – höher und höher – höher und höher –

14. Kapitel

Schluß

Peng-puff machte es! Marie stürzte herab aus unermeßlicher Höhe, fiel und fiel und – schlug mit einem Ruck die Augen auf. Da lag sie in ihrem Bett, es war heller Tag, und die Mutter stand vor ihr. »Wie kann man nur so lange schlafen!« sagte sie. »Das Frühstück ist fertig!«

Ihr habt natürlich längst gemerkt, liebe Leserinnen und Leser, daß Marie wahrscheinlich im Saal des Marzipanschlosses eingeschlafen war und daß wohl die Mohren oder die Pagen oder gar die Prinzessinnen selbst sie nach Hause getragen und ins Bett gebracht hatten. Nun war sie noch ganz benommen von all den wundersamen Dingen, die sie in der Nacht gesehen hatte.

»Oh, Mama, du kannst dir ja gar nicht vorstellen, wo der junge Herr Droßelmeier mich diese Nacht überall hingeführt hat! Was habe ich nicht alles gesehen!« Und nun erzählte sie der Mutter haarklein, was sie im Puppenreich alles erlebt hatte.

»Ja, ja«, sagte die Mutter und seufzte, nachdem Marie geendet hatte, »du hast einen langen, schönen Traum gehabt, aber nun solltest du dir das alles wieder aus dem Kopf schlagen – Träume sind Schäume!«

Marie aber bestand hartnäckig darauf, daß sie nicht geträumt, sondern alles wirklich gesehen habe. Da führte die Mutter sie vor den Glasschrank, nahm den Nußknacker aus seinem Fach und sprach: »Was bist du nur für ein albernes Mädchen! Wie kannst du allen Ernstes glauben, daß diese Nürnberger Holzpuppe sich bewegen kann und daß Leben in ihr ist?«

»Aber, Mama«, beharrte Marie, »das ist nicht einfach irgendeine Nürnberger Holzpuppe! Das ist der junge Herr Droßelmeier, Onkel Droßelmeiers Neffe!«

Da mußte die Mutter laut lachen und rief den Vater, um ihm Maries Phantastereien zu erzählen, woraufhin auch dieser in schallendes Gelächter ausbrach.

»Ach, Papa«, schluchzte Marie, »jetzt lachst du auch noch meinen Nußknacker aus! Dabei hat er so gut von dir gesprochen, als wir im Marzipanschloß anka-

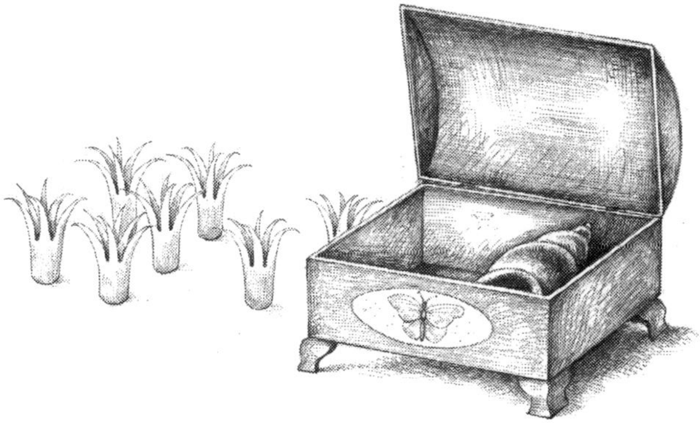

men und er mich seinen Schwestern, den Prinzessinnen, vorstellte! Du seist ein sehr geschätzter Medizinalrat, sagte er.«
Da schüttelten sich die Eltern vor Lachen, und auch Fritz konnte nicht mehr an sich halten und prustete lauthals los.
Da flitzte Marie in ihr Zimmer, nahm schnell aus dem kleinen Kästchen, in dem sie ihre Souvenirs und andere Schätze aufzubewahren pflegte, die sieben Kronen des Mausekönigs und überreichte sie gleich darauf der Mutter mit den Worten: »Da, schau nur, Mama, das sind die sieben Kronen des Mausekönigs, die mir der junge Herr Droßelmeier in der vorigen Nacht nach seinem Sieg geschenkt hat.«
Erstaunt betrachtete die Mutter die kleinen Krön-

chen, die aus einem gänzlich unbekannten Metall, das in der Sonne hell funkelte, so kunstvoll gearbeitet waren.

»Unglaublich!« stammelte die Mutter. »So etwas ist doch nicht von Menschenhand gemacht! Kein Goldschmied kann so zierliche Schmuckstücke anfertigen!«

Auch der Vater war äußerst verblüfft und konnte sich an den Krönchen nicht satt sehen, doch dann redeten beide gleichzeitig auf Marie ein und drängten sie, die Wahrheit zu sagen und zu gestehen, wo sie die Krönchen herhabe.

Aber Marie konnte ja nichts anderes sagen als das, was sie bereits gesagt hatte. Also beharrte sie darauf, die Krönchen von dem jungen Herrn Droßelmeier überreicht bekommen zu haben, woraufhin der Vater sehr böse wurde und sie sogar eine kleine Lügnerin nannte. Da fing sie heftig an zu weinen und schluchzte: »Ach, ich armes Kind! Was soll ich denn anderes sagen? Es war doch so!«

In diesem Augenblick ging die Tür auf. Der Obergerichtsrat trat ein und rief: »Ja, was ist denn das? Meine kleine Marie weint? Was ist denn passiert?«

Der Vater klärte ihn kurz auf und zeigte ihm die Krönchen. Der Onkel hatte kaum einen Blick darauf

geworfen, da rief er lachend: »Das ist ja toll! Ich werd' verrückt! Das sind ja die Krönchen, die ich vor Jahren an meiner Uhrkette getragen habe! Ich habe sie dann der kleinen Marie zu ihrem zweiten Geburtstag geschenkt! Wißt ihr das denn nicht mehr?«
Weder der Vater noch die Mutter konnten sich daran erinnern, aber die Gesichter der Eltern wurden wieder freundlicher, und Marie stürzte auf den Onkel zu und rief: »Ach, Onkel Droßelmeier, jetzt sag du den Eltern doch selbst, daß mein Nußknacker dein Neffe aus Nürnberg ist und daß er mir die Krönchen geschenkt hat! Du weißt es doch!«
Der Obergerichtsrat machte aber nur ein recht finsteres Gesicht und murmelte: »So ein Blödsinn!«
Nun nahm sich der Vater die Kleine noch einmal vor und redete ihr ernsthaft ins Gewissen: »Hör mal, Marie, nun halte uns nicht länger zum Narren, und hör auf, uns diese dummen Geschichten zu erzählen! Und wenn du noch einmal behauptest, der blöde, unansehnliche Nußknacker sei der Neffe von Onkel Droßelmeier, dann werfe ich alle deine Puppen aus dem Fenster!«
Nun durfte die arme Marie also nicht einmal mehr von dem reden, was ihr am meisten am Herzen lag, und selbst ihr Bruder tippte sich jetzt an die Stirn,

wenn sie wieder anfing, von ihrem Wunderland, dem Marzipanschloß und all den phantastischen Dingen zu erzählen. Fritz glaubte ihr nun gar nichts mehr und entschuldigte sich bei seinen Husaren für das Unrecht, das er ihnen angetan hatte, als er sie wegen angeblicher Feigheit vor dem Feind bestrafte. Als Wiedergutmachung beförderte er sie alle auf der Stelle und verlieh ihnen prächtige Tapferkeitsmedaillen. Nun, wir wissen am besten, wie es in jener Nacht mit dem Mut der Husaren aussah, als sie vom fliegenden Mäusedreck die häßlichen Fleckchen auf die roten Wämse kriegten!

Durfte Marie nun auch nicht mehr von ihren Abenteuern sprechen, so gingen ihr die wunderbaren Bilder und Eindrücke aus dem Reich der Puppen und Feen doch nicht mehr aus dem Kopf. Sobald sie die Augen schloß und in sich ging, sah sie alles wieder genau vor sich, und so kam es, daß sie, statt wie früher zu spielen, jetzt meistens reglos und still dasaß und sich in den herrlichen Erinnerungen verlor, weshalb sie von allen bald nur noch als kleine Träumerin verspottet wurde. Eines Tages hatte der Obergerichtsrat wieder einmal eine Uhr im Hause der Stahlbaums zu reparieren. Marie saß vor dem Glasschrank und schaute, in ihre Träume versunken, den Nußknacker an.

»Ach, lieber Herr Droßelmeier«, entfuhr es ihr plötzlich, »wenn Sie wirklich leben würden, so würde ich es nicht so machen wie die Prinzessin Pirlipat, die Sie verschmäht hat, nachdem Sie ihretwegen Ihre Schönheit verloren hatten. Nein, ich mag Sie so, wie Sie sind!«

In diesem Augenblick schrie von weitem der Obergerichtsrat: »Hei, hei! Ist ja toll!« Und dann gab es einen solchen Knall, daß Marie ohnmächtig vom Stuhl sank.

Als sie wieder zu sich kam, blickte sie in das Gesicht der Mutter und hörte sie sagen: »Wie kann ein so großes Mädchen nur vom Stuhl fallen! Wir haben übrigens Besuch aus Nürnberg! Der Neffe von Onkel Droßelmeier ist da – benimm dich!«

Marie blickte auf. Mitten im Zimmer stand der Obergerichtsrat. Er hatte wieder seine Glasperücke aufgesetzt und seinen gelben Rock angezogen. An seiner Hand hielt er einen nicht gerade großen, aber ausgesprochen gutaussehenden jungen Mann. Er hatte ein hübsches Gesicht und machte in seinem prächtigen roten Rock, den seidenen Strümpfen und zierlichen Schuhen eine gute Figur. Sein volles Haar war dezent gepudert und hinten zu einem Zopf geflochten, der ihm elegant den Rücken hinunterfiel. Der kleine Degen an seiner Seite war mit Diamanten besetzt und funkelte im hellen Sonnenlicht.

Wie höflich und zuvorkommend der junge Mann war, ging schon aus der Tatsache hervor, daß er Marie ganz viele herrliche Spielsachen mitgebracht hatte und jede Menge von den Marzipanfiguren, die ihr der Mausekönig zerbissen hatte. Für Fritz hatte er einen wunderschönen Säbel dabei.

Bei Tisch knackte der junge Droßelmeier für die ganze Gesellschaft Nüsse, und selbst die härtesten konnten ihm nicht widerstehen. Mit der rechten Hand schob er sie in den Mund, mit der linken zog er den Zopf an, und – Krak! – zerfiel die Nuß in Stücke!

Marie war glutrot im Gesicht geworden, als sie den hübschen jungen Mann erblickte, und wurde noch roter, als der junge Droßelmeier sie nach dem Essen einlud, mit ihm in das Wohnzimmer an den Glasschrank zu gehen.

»Spielt schön miteinander, Kinder!« rief der Obergerichtsrat. »Meine Uhren gehen nun alle richtig, und ich habe nichts dagegen!«

Kaum war der junge Droßelmeier mit Marie allein, da ließ er sich auf ein Knie nieder und sagte: »Oh, mein liebstes Fräulein Stahlbaum, sehen Sie hier zu

Ihren Füßen den überglücklichen Droßelmeier, dem Sie an dieser Stelle das Leben gerettet haben! Sie waren überdies so gütig, mich nicht wie die hochmütige Prinzessin Pirlipat zu verstoßen, sondern haben Ihre Zuneigung für mich klar und deutlich ausgesprochen – und sofort hörte ich auf, ein schnöder und häßlicher Nußknacker zu sein, und erhielt meine vorige, nicht gerade unangenehme Gestalt zurück. Oh, liebstes Fräulein, nichts wünsche ich sehnlicher, als Sie zur Gemahlin zu haben! Beglücken Sie mich mit Ihrer trefflichen Hand, teilen Sie mit mir Reich und Krone, herrschen Sie mit mir im Marzipanschloß, denn dort bin ich jetzt König!«

Marie hob den Jüngling sanft auf und sprach leise: »Lieber Herr Droßelmeier! Sie sind ein sanftmütiger und liebenswerter Mensch und regieren ein anmutiges Land mit sehr hübschen, lustigen Leuten, so daß ich gern Ihre Braut sein werde!«

So waren sich die beiden schnell einig, und man erzählt sich, daß er Marie ein Jahr später mit einer goldenen Kutsche, gezogen von zwölf silbernen Pferden, abgeholt hat. Auf der Hochzeit sollen zweiundzwanzigtausend der glänzendsten, mit Perlen und Diamanten geschmückten Figuren getanzt haben.

Noch heute soll Marie übrigens als Königin in jenem Land herrschen, in dem man überall funkelnde Weihnachtswälder, durchsichtige Marzipanschlösser, kurz, die herrlichsten und phantastischsten Dinge erblicken kann, wenn man nur Augen hat, sie zu sehen.

Das war also das Märchen vom Nußknacker und dem Mausekönig.

Nachwort

Ernst Theodor Wilhelm Hoffmann wurde am 24. Januar 1776 im ostpreußischen Königsberg geboren. Damals war sicher nicht abzusehen, daß er sich einmal, weil er die Musik von Wolfgang Amadeus Mozart verehrte, Ernst Theodor Amadeus nennen und als Schriftsteller E. T. A. Hoffmann großen Ruhm erlangen würde. Es schien wahrscheinlicher, daß er wie sein Vater preußischer Justizbeamter werden würde. Obwohl sich schon früh sein musikalisches und künstlerisches Talent zeigte, studierte er nach seiner Schulausbildung tatsächlich Jura in Königsberg und wurde Regierungsassessor in Posen.

So ganz, wie man sich einen preußischen Beamten vorstellte, war er aber wohl nicht. Jedenfalls machte er sich mit einer Karikatur – zeichnen und malen konnte er nämlich auch – bei seinen Vorgesetzten unbeliebt und wurde strafversetzt. Eine Weile tat er Dienst in Warschau, das damals unter preußischer Herrschaft stand. Nebenher betätigete er sich aber auch als Opernkomponist, Dirigent und Sänger. Als das alte Preußen nach schweren Niederlagen gegen die Armeen Napoleons zusammenbrach und die Herrschaft in Polen abgeben mußte, gab es für den Regierungsassessor Hoffmann keine Verwendung mehr im preußischen Staatsdienst. Er wurde entlassen.

Jetzt versuchte er, seine musikalischen und künstlerischen Fähigkeiten und Neigungen zum Lebensinhalt zu machen. Etwa zehn Jahre lang übte er unter anderem als Komponist, Kapellmeister und Regisseur verschiedene Tätigkeiten an Theatern in Bamberg, Dresden und Leipzig aus, ehe er 1816 in Berlin als Kammergerichtsrat wieder in den preußischen Justizdienst übernommen wurde. In diesem Jahrzehnt tat sich E. T. A. Hoffmann – zunächst nicht unter eigenem Namen – auch als Schriftsteller hervor, zum Beispiel mit der phantastischen, märchenhaften Erzählung *Der goldene Topf* (1814). Zwei Jahre später erschien das Märchen *Nußknacker und Mausekönig* in einem Band mit dem Titel *Kinder-Mährchen*, der von Karl Wilhelm Contessa, Friedrich Baron de la Motte Fouqué und eben E. T. A. Hoffmann herausgegeben war. Das Märchen wurde von E. T. A. Hoffmann dann 1819–21 in Die *Serapionsbrüder* übernommen, eine durch eine Rahmenerzählung zusammengehaltene Sammlung von Erzählungen und Märchen. Darunter befinden sich zum Beispiel die spannende Kriminalgeschichte *Das Fräulein von Scudéry* und die historische Erzählung *Meister Martin der Küfner und seine Gesellen*. Spätere berühmte Werke E. T. A. Hoffmanns sind unter anderem die *Lebensansichten des Kater Murr* (1820/22) oder das kurz vor seinem Tode 1822 entstandene Märchen vom *Meister Floh* (1822). E. T. A. Hoffmann übte sowohl als Person als auch mit seinem Werk eine große Faszination aus. Hier der nüchterne Jurist, dort der trinkfreudige, phantasievolle Schriftsteller, in dessen Erzählungen man ohne erkennbaren Bruch von der scharf beobachteten politischen und sozialen Umwelt in eine Märchenwelt, oft aber auch eine Welt des Grauens eintaucht. So fand Jacques Offenbach in der Gestalt dieses Dichters die ideale Figur für seine Oper *Hoffmanns Erzählungen*, so ist der Einfluß E. T. A. Hoffmanns bei weltberühmten Schriftstellern wie Victor Hugo in Frankreich, Edgar Allan Poe in Amerika, Oscar Wilde in England, Hans Christian Andersen in Dänemark oder Nikolai Gogol in Rußland spürbar.

Es sind Erwachsene, die sich von ihm willig in die

Welt des Phantastischen und Märchenhaften entführen lassen. Zu seinen Lesern zählten aber wohl von Anfang an auch Jugendliche, denen man in der Jugendliteratur ihrer Zeit sonst in der Regel nur geistig und sittlich belehrende Texte anbot. Meist werden die jugendlichen Leserinnen und Leser auf die Ausgaben für Erwachsenen, die sie vielleicht im Bücherschrank ihrer Eltern fanden, zurückgegriffen haben. Einige Werke, wie *Meister Martin der Küfner und seine Gesellen* und *Der Goldene Topf*, erschienen auch in speziellen Bearbeitungen für Jugendliche.

Nur ein Werk E. T. A. Hoffmanns aber eroberte sich einen festen Platz in der eigentlichen Kinderliteratur und wurde hier zum Kinderbuch-Klassiker, eben *Nußknacker und Mausekönig*. Ob in der Originalfassung, ob als Ballett von Peter Tschaikowsky, ob nacherzählt oder als Bilderbuch, es wurde zu einer der beliebtesten Weihnachtserzählungen überhaupt. Zahlreiche Märchen über Spielzeug, das in der Heiligen Nacht lebendig wird, verdanken direkt oder indirekt ihren Ursprung dieser Erzählung E. T. A. Hoffmanns.

Über den vielen Bearbeitungen und Nachahmungen ist das Original zumindest als Kinderbuch ein wenig in Vergessenheit geraten. So ganz ohne Bearbeitung ist der bald zweihundert Jahre alte Text auch Kindern von heute kaum zuzumuten, sollen sie nicht die Lust am Lesen verlieren. Peter Klusen hat ihn behutsam modernisiert, indem er heute nicht oder kaum mehr verständliche Begriffe durch moderne Entsprechungen ersetzt oder unauffällig erklärt hat. Manche allzu ausgedehnten Schilderungen hat er durch Dialoge aufgelockert. Schließlich hat er sich dafür entschieden, die vielfach gereimten, seltsam-geheimnisvollen Reden der Figuren nicht wie bisher in Prosa, sondern in Gedichtform wiederzugeben und sie damit besonders zur Geltung zu bringen. Insofern sind in dieser Ausgabe einige »neue«, gleichwohl echte E. T. A. Hoffmann-Gedichte enthalten. Das Ergebnis ist eine Fassung, die Kindern von heute den Zugang zu diesem schönen, alten Text ermöglicht.

Und wie steht es um die Figuren des Buches? Wer ist echt? Wer träumt? Wer wird geträumt? Sind der Onkel Droßelmeier und sein Neffe, sind der lebendige Nußknacker und der Mausekönig Traumfiguren der kleine Marie? Oder ist die träumende Marie selbst eine Traumfigur derjenigen, die Augen haben, »funkelnde Weihnachtswälder und durchsichtige Marzipanschlösser« zu erblicken? Stimmt es, wenn es am Schluß der Erzählung heißt: »Das war das Märchen vom Nußknacker und dem Mausekönig«? Oder raschelt es nicht verdächtig auf dem Nachttisch, und liegt das Buch am nächsten Morgen wirklich noch da, wo man es abends hingelegt hat? Habe ich selbst heute nacht dem Marzipanschweinchen den Kopf abgebissen, oder waren das die Heerscharen des Mausekönigs? Ist der bunte Nußknacker dort im Schaufenster eine bemalte Holzfigur oder vielleicht doch der Kronprinz aus dem Marzipanschloß?

Viele Fragen, und wer die richtigen Antworten weiß, sollte nur mit denjenigen sprechen, die die Geschichte vom *Nußknacker und dem Mausekönig* auch gelesen haben. Die anderen könnten allzuleicht geneigt sein, mit dem Finger an die Stirn zu tippen, denn man muß sich schon die Augen öffnen lassen, um den Tanz der »zweiundzwanzigtausend der glänzendsten, mit Perlen und Diamanten geschmückten Figuren« auf der Hochzeit in dem »anmutigen Land mit sehr hübschen, lustigen Leuten« wahrzunehmen.

Freya Stephan-Kühn